쇠똥 누가 쑤셨나

국립중앙도서관 출판예정도서목록(CIP)

쇠똥 누가 쑤셨나 / 지은이: 조사무. -- 서울 : 선우미디어,
2015

　　p. ;　 cm

ISBN 978-89-5658-407-2 03810 : ₩12000

한국 현대 수필[韓國現代隨筆]
한국 현대시[韓國現代詩]
810.81-KDC6
895.708-DDC23　　　　　　　　　　CIP2015022094

쇠똥 누가 쑤셨나

1판 1쇄 발행 ｜ 2015년 8월 20일

지은이 ｜ 조사무
발행인 ｜ 이선우
펴낸곳 ｜ 도서출판 선우미디어

　　등록 ｜ 1997. 8. 7 제305-2014-000020
　　130-100 서울시 동대문구 장한로12길 40, 101동 203호
　　☎ 2272-3351, 3352 팩스: 2272-5540
　　sunwoome@hanmail.net
　　Printed in Korea ⓒ 2015. 조사무

값 12,000원

ISBN 89-5658-407-2 03810

자연주의자 재미작가가 철학적 사유로 풀어내는
에세이와 시 & 명시감상

조사무 지음

쇠똥 누가 쑤셨나

선우미디어

성숙한 수확을

김영중
국제펜 한국본부 미주서부지역위원회 회장

조사무 선생과의 만남을 생각하면 인간의 인연은 고리의 연결로 이루어진다는 생각이다.

처음 조사무 선생과 인사를 나누게 된 것은 그의 아내인 수필가 조옥규 선생을 통해서였다. 그 후 나는 조사무 선생과 자주 문학 이야기를 나누는 사이가 되었고, 그 인연으로 조사무 선생의 첫 수필집 출간에 축하의 글을 쓰게 되었으니 그 인연이 내게 있어 큰 기쁨이 아닐 수 없다.

문학의 길이란 평탄하고 안일한 길이 아니다. 어느 시인은 절망을 부르짖기 위해 시를 쓴다고 했듯이 문학인이 가는 길은 고뇌와 아픔을 수반하는 형극의 길이다. 그러나 글쓰기가 뭐기에 작가들은 쉬지 않고 쓰고 또 쓰고를 반복하며 책을 엮어 내는지 모를 일이다. 좋은 글은 시대를 초월해서 독자들 가슴에 감동을 주며 정신 세계를 채워 줄 뿐만 아니라 그들의 마음에 내재해 있는 창작욕을 북돋워준다.

사람마다 글쓰기를 시작한 동기는 구구할 것이다. 혹자는 세상에서 인정을 받고 싶어서, 작가가 되고 싶어서, 보다 순수한 동기라면 무엇인가 자신을 표현하고 싶어서, 누구 말대로 와락 토해 버리고 싶어서 등등이 있겠으나 글쓰기를 시작하면 사람이 달라진다. 글을 통해서 창작에 참여한다고 자각하면 보람은 더 클 것이며 문학적 문화를 고양하는 것은 가장 값지고 복된 일이 될 것이다.

조사무 선생은 많은 우회를 거쳐 뒤늦게 글쓰기에 입문한 수필가이며 시인이다. 그는 바람의 친구이고 구름의 친구이자 나무와 비의 친구이기도 하다. 하지만 무엇보다 사람의 친구인 그는 참으로 부지런한 사람이다. 그 누구보다 뜨거운 열정으로 창작을 불태우고 있다. 그런 면에서 보면 그는 물리적 연령과 상관없이 영원한 청년이다.

조사무 선생은 풍부한 상상력과 인간을 꿰뚫어 보는 통찰의 눈으로 누구도 흉내 낼 수 없는 문체를 가지고 보고 듣고 느낀 대로 자신의 진실을 숨김없이 드러내며 할 말을 차분히 하는 삶의 달관

된 모습을 보여 주는 작가이고, 노자의 도덕경에서 나오는 '상선약수'와 같이 순리를 따르는 자연성을 예찬하는 작가이기도 하다. 끊임없이 축적되는 작가의 감성을 분화구로 삼아 마치 마그마처럼 솟아오르는 불물로 작품을 구워내는 불의 미학을 연출하는 작가라고 높이 평가한다.

　출판되는 조사무 선생의 첫 수필집에 영광과 축복이 있기를 바라며 삶에 깊은 뿌리를 내릴 수 있는 청청한 건강을 위해 드리는 사랑의 기도와 축하의 마음을 한 아름 전한다.

US-708이라 불리는 별
초신성超新星이 폭발하면서 튕겨 나갔다는 별
지금 이 순간에도 초속 1,200킬로미터로 항진航進한다는 별
2,500만 년 후가 되면 은하계를 벗어나
우주에서 고아가 되리라는 별

그 별이 가도 가도 끝이 안 보이는
은하계 테두리를 벗어나 진입한다는 우주
거기 많고 많고 또 많은 은하계가 여기저기 흩어져 있다는데
우주라는 공간에도 과연 안팎이 있는 것일까.
그렇다면 안은 얼마큼 넓고 밖은 또 얼마나 멀까.

사람들이 광대무변廣大無邊의 우주 공간이라 하는데
그 말은 곧 우주에는 끝이 아예 없다는 뜻일까.
아니면 있긴 있으되 하도 멀어

그 끝을 도저히 가늠할 수 없다는 것일까.
모를 일이다.

우주 공간 한 구석에 빌붙어 기숙한다는
우리 은하계Our Galaxy
그 한 끝자락에 녹두알보다 작고 아름다운 별 하나가
떠돌이별로 떠돈다는데
그 요철 세상凹凸世上을 살아가는 인간사 자질구레한 이야기를
설화屑話라 합니다.

떠돌이 이방인으로 하릴없어 들리는
캘리포니아의 클리블랜드Cleveland 산맥
그 산줄기 엉치에 부스럼으로 돋아
뾰루지 같은 팔로마Palomar산
그 메 높은 철철봉凸凸峯과 골 깊은 요요곡凹凹谷이
오늘도 어우러져 이야기꽃을 피웁니다.

저들이

무심無心결에

혹은 유심有心결에 흩뿌린 꽃

그 자잘한 이야기 꽃잎 한 줌 모아 수필집으로 엮습니다.

　고마운 분들이 참 많습니다. 부족한 글을 평해 주시느라 애쓰신 감태준 교수님, 문학의 길을 밝혀 주시는 영원한 멘토 김영중 선생님, 글 친구이자 아내 조옥규 수필가, 정성껏 마름하여 책으로 꾸며 주신 선우미디어 이선우 대표님, 그밖에 좌절과 회의에 빠져 허우적일 적마다 손 내밀어 주시는 문우님들께 두루두루 감사드립니다.

2015. 8.

조사무

| 차례 |

7

명시 연상
名詩聯想

1

자연
이야기

팔로마에서

팔로마Palomar 국립공원이다. 괴괴하고 막막하다. 말 그대로 오리무중에 적막강산이다. 전조등에 상향등까지 밝히고도 시속 4,5마일이 고작이다. 이를 두고 운무망망雲霧茫茫이라 하는가. 안개 저항선을 헤치며 가까스로 주차장에 들어서니 구름을 타고 부유하는 것 같다. 팔로마 최고봉이 운무에 싸여 가부좌를 틀고 있다. 우리 부부가 너무 일찍 서둘렀나, 아니면 농무군濃霧軍이 그새 초입새를 차단해 버렸나, 관광객도 관리 요원도 보이지 않고 길짐승 날짐승도 기척이 없다.

안개 장막 한 귀퉁이가 서서히 무너지기 시작한다. 숲의 정령들이 새벽잠에서 깨어나 기지개를 켠다. 안개 구름을 뚫고 모습을 드러낸 멧부리와 심연을 가늠할 수 없는 골짝들이 어우러진다. 안개가 흐물흐물 계곡으로 빠져든다. 골짜기들이 은근슬쩍 불두덩을 들어내고 교태를 부린다. 백두건을 뒤집어쓴 산봉우리들이 고개를 갸우뚱한다.

무심無心일까 유심有心일까.

요즘 무심無心이 만인의 화두다. 마음 비움이 곧 행복의 지름길
이라는데 그게 맞는 걸까. 무심이란 도대체 어떤 마음의 상태를
이름일까. 마음을 온전히 비운다는 것이 정녕 가능한 일일까. 모
를 일이다. 행복을 위해 무심에 들려는 시도試圖 역시 유심이 아닌
가.

무심 경지에 이르려는 적극적인 유심이 없고서야 어찌 무심에
들 수 있단 말인가.

마음의 평화를 무심에서 구하려는 의지 또한 집념이요, 그 집념
또한 유심일 것이다.

장자크 루소가 말했던가. "인간적인 집념에서 벗어나야 진정한
행복에 이를 수 있다."고.

집념의 흙탕이 가라앉은 앙금 상태가 곧 무심 아닐까. 그래서
송사리 같은 상념 한 마리가 꼬리만 살랑거려도 유심의 침전물이
걷잡을 수 없이 보풀어 올라 마음이 온통 진흙탕처럼 흐려지는
것이 아닐까.

안개 바리케이드를 밀어제치며 헤드라이트를 밝힌 자동차 한
대가 느릿느릿 올라오고 있다. 속세의 기적이라도 감지했음일까,
비썩 마른 야생 산토끼 한 마리가 길섶에 쪼그리고 앉아 귀를 쫑
긋 세우고 두 눈을 빤짝이며 우리 부부를 쳐다본다. 경계의 눈빛

일까, 호기심의 발로일까, 아니면 호감의 내색일까. 감이 잡히지 않는다. 어쩌면 속세인의 속내를 헤아리느라 저러는지 모른다. 그렇다면 토끼도 지금 유심이 아닌가.

곰같이 우람한 여인이 우악스레 하품을 지르며 어슬렁어슬렁 다가온다. 장삼長衫마냥 품이 넉넉한 레인저 복장에 온통 안개가 진득진득하다.

"좋은 아침! 일찍도 올라오셨군요. 안개가 대단하지요?"

덩치에 어울리지 않게 곱고 상냥한 목소리가 안개처럼 부드럽다.

"안녕하세요? 우리가 너무 일찍 서둘렀나 봐요."

오가는 몇 마디에 우리는 금방 이웃이 된다. 몽유청산夢遊靑山에서 만난 여인이 팔로마 산 같아 듬직하고 정겹다.

"안개 때문에 오늘은 공원 일부만 엽니다. 위험하니 멀리 나가지 마십시오. 날씨 좋은 날 다시 오시면 아름다운 팔로마를 마음껏 즐길 수 있을 겁니다."

공원 끝자락에 고목이 모로 누워 길을 막는다. 와선臥禪 중인 노승처럼 엄숙하고 경건하다. 조심스레 숨을 죽이고 걸터앉는다. 연륜이 노목의 살갗을 비집고 나와 굳어 버렸나, 나뭇등걸 곳곳에 세월의 꽃인 듯싶은 검버섯들이 덕지덕지 피어 있다.

안개의 움직임이 점점 부산해진다. 봉우리가 힐끔힐끔 골을 훔쳐본다. 골짜기가 곁눈질 치며 요염을 떤다. 불끈 솟은 철철봉∿∿

峯이 음기를 질금대는 요요곡凹凹谷과 무언교감無言交感을 시도한다. 목전에서 일어나는 엄연한 현실을 어찌 삼계유심三界唯心에 지나지 않는 마음속 허상虛像이라고 단정지을 수 있으랴.

발끝에서 머리끝까지 안개를 뒤집어쓰고 골똘히 상념에 잠겨 있는 그녀에게 오래간만에 스킨십을 시도해 본다.

"이 양반이 아침부터…."

말끝을 씹는 그녀 볼에서 배릿하니 안개가 묻어난다.

풍뎅이와 거미

호수를 거쳐 야산으로 향한다. 호수 바람이 제법 향긋하니 그윽한 것으로 보아 카운티 정부에서 대대적으로 시행 중인 호수 준설 공사가 이제 마무리 단계에 들어선 듯싶다.

너무 일러서일까, 사위가 고요하다. 달무리가 고스란히 내려앉는 듯 새벽안개가 흐느적흐느적 호수를 덮친다. 촉새인가 참새인가, 작은 새 몇 마리가 호들갑스레 지저귀며 야산 방향으로 날아간다. 빨랑빨랑 따라오라는 몸짓 같다.

젊은이들이 모닥불을 피워 놓고 밤새 모터사이클 경주라도 벌였나, 야산 공터가 말채찍에 상처 입은 노예 등짝 같아 보기에 안쓰럽다. 소인국小人國 영토를 무지막지하게 짓밟고 떠난 걸리버의 구두 발자국처럼 흉측스레 파인 모터사이클 바퀴 흔적이 끔찍하다. 주변으로 맥주병, 깡통, 담배꽁초, 비닐봉지, 휴지 등이 흩어져 난장판이다.

오래전 다큐멘터리에서 본 아마존 밀림의 불법 벌목 현장이 생각난다. 불도저가 매타작하듯 난도질하고 나면 목재 운반 차량들이 마구잡이로 밀어붙인 시뻘건 흙길, 벌목꾼들에게 집단으로 유린당한 대지의 은밀한 고샅이 저랬다.

나뭇등걸을 찾아 걸터앉는다. 축 늘어진 페퍼트리 잎 가지 사이로 소쿠리만 한 거미줄이 보인다. 촉촉하게 젖은 거미줄이 지진이라도 만난 듯 요동친다.

온통 청동 가루를 뒤집어쓴 듯싶은 풍뎅이 한 마리가 거미줄에 매달려 바동거린다. 이슬방울이 우르르 떨어지며 딸랑딸랑 방울 소리를 낸다. 엉큼하게 생긴 왕거미가 엉금엉금 기어 나오더니 물 찬 제비마냥 풍뎅이를 덮친다.

풍뎅이 한 마리 거미줄에 매달려
바동바동 몸부림치더니
왕거미 침 한 방에
부르르
몸서리친다

한 번만 더 용 썼어도
벗어날 수 있었을 터인데
마른 혀 끌끌 차며 돌아서다 말고

은근히

지구가 걱정이다

뉴 호라이즌스에 올라 뒤돌아보면

지구도 문명의 덫에 걸려

저리 안간힘 쓰다

파르르

자지러지려나

*뉴 호라이즌스(New Horizons) : 명왕성 탐사선

　사람들은 뭍이건 물이건 하늘이건 손발이 미치는 곳이면 그곳에 그물망 치듯 교통망을 설치한다. 말로는 '길 아니면 돌아가라'면서도 크거나 작거나 높거나 낮거나 장애물만 나타나면 우선 온갖 첨단 장비와 인력을 동원해 까부숴야 직성이 풀린다.

　이를 개척 정신이라고 한다.

　마구잡이로 뚫은 도로망이 오히려 재앙을 부른다. 교통사고로 인한 사상자가 상상을 초월한다. 반전 데모와 히피 운동이 한창 기승부리던 시절, 6년여에 걸친 베트남 전쟁에서 대략 5만 8천 명의 미군이 전사했다고 한다. 같은 기간, 미국에서만 교통사고로 숨진 사람들이 30만에 육박한다니 전쟁 참화랬자 교통 참사에 비하면 새 발의 피가 아닌가.

삼베를 둘둘 말아 염殮한 듯, 거미줄에 칭칭 감긴 풍뎅이가 꼼짝도 않는다. 상엿소리도 들리지 않는데 왕거미 혼자 능글능글 입맛을 다셔 가며 느긋하게 상여를 끌고 간다.

언젠가 손자 녀석 성화를 못 이겨 억지 춘향으로 함께 본 에스에프 만화영화의 마지막 장면이 떠오른다. 명왕성이었던가 천왕성이었던가, 외계에서 침공한 거대한 스파이더가 투망하듯 오라를 던져 지구를 낚아채고 있었다. 다행히 꾀돌이 소년소녀가 지구를 지켜내는 공상 만화영화였다.

곱게 바서져 거미줄에 올올이 묻은 햇살 가루가 빤짝거린다. 죽음의 흔적도 저렇게 고울 수가 있구나 싶어 마음이 한결 가벼워진다.

나뭇등걸을 털고 일어선다. 등허리가 묵직하니 뻑적지근하다. 큰대 자로 양팔을 활짝 펴고 심호흡을 해 본다.

가을 아침이 상쾌하다.

쇠똥 누가 쑤셨나

그리움이 녹아 사랑
그마저 마르면
미움이라던데

녹지도 마르지도 못해
속병 앓는 쇠똥
누가 쑤셨나

짝 짓던 쇠똥구리 커플
허둥지둥
피난길 떠나네

모하비로 가는 까닭

매년 몇 차례씩 모하비 사막을 찾는다. 특히 추수 감사절을 전후하여 고질병 같은 향수병이라도 재발하면 만사 제쳐 놓고 성묘 다녀오듯 찾아 나선다.

모하비를 찾는 까닭은 문명의 영향권에서 벗어나 자연의 품에 안겨 응석을 부리고 싶은 심정에서다. 들릴 적마다 느끼는 것이지만 언제나 그 모습 그대로 그곳에 있는 모하비가 고향 같아 좋다.

모하비 사막은 원래 내해內海였으나 화산과 지진 활동에 따른 지각 변동으로 모하비강이 지하로 묻히면서 형성된 사막이다. 높고 가파른 산악으로 둘러싸인 분지에서 천만 년 전부터 발원하기 시작한 모하비강은 지금도 땅속에서 유유히 흐른단다. 육안으로야 확인할 길이 없지만 코를 벌름거리며 심호흡을 하다 보면 짭짜름한 소금 냄새가 난다.

모하비 사막은 겉보기에 조악하기 그지없지만 통념에 찌들지 않은 심안으로 바라보면 정감이 몰씬몰씬 일어난다. 모하비는 정부에서 관리하는 보호 구역이다. 때문에 돌 하나, 풀 한 포기, 꽃 한 송이도 멋대로 채취할 수 없다. 지역 개발도 원상이 손상되지 않는 범위 내에서 제한적으로 허용된다.

땅거미가 꼬리를 감출 즈음, 모하비 사막에서 하늘을 쳐다보면 말 그대로 별 바다.

먹물을 통째로 뒤집어쓴 것 같은 시에라 산맥을 배경으로 의연하게 버티고 서서 밤하늘을 우러르는 죠수아나무는 성자聖者의 모습을 연상시킨다.

시에라 산맥 톱날 계곡으로 투신한 최후의 인디언 전사들
멀쩡한 방죽이라도 들이받았나
사지 뻗고 벌렁 드러누운 모래땅 그 밑으로
봇물 질금질금 새어 나오듯
짭짤한 강물 흐른다지

세월이 훌훌 털어 버려 비듬처럼 겹쌓인 은사시 나뭇잎들
일제히 부스스 몸 털고 일어나
해파리로 부화해 어둠 속 떠돌다가
민머리로 암막暗幕 치받고 벗어나
성좌星座로 등선登仙한다지

태곳적 내해內海에 탯줄 잇고 견딘 산호초珊瑚礁들

하나씩 둘씩 의젓한 죠수아나무로 자라나

모하비 인디언들처럼 오순도순 둘러앉아

천부경天符經 읊듯 두런두런

별을 센다지

산비둘기 두 마리 날밤 꼬박 지새워 희롱戲弄하는가

달그락달그락 키드득키드득

뼈마디 부딪치는 교성嬌聲 하도 방자해

밤잠 끈 놓친 가을 길손도

별을 센다

*시에라(Sierra) 산맥: 시에라(Sierra)는 스페인어로 톱날을 뜻함.

문명에 중독되면 자연의 진면목이 눈에 들어오지 않는다. 문명
공해로 인해 자연이 망가지기도 하지만 사람 역시 문명 탓에 천부
의 능력을 잃어가는 것이 아닐까.

시력도 그렇다. 선사시대 아프리카대륙에 살던 원시인들은 육
안으로도 광년거리 별자리를 읽고 이를 암벽에 석화石畵로 남겼다
는데 요즘 사람들은 페가수스 별자리도 제대로 눈가늠하지 못하
지 않는가.

사람들이 감히 자연을 정복한답시고 큰소리쳐도, 저들끼리 내

편 네 편, 내 땅 네 땅 가르고 아옹다옹해도, 갑甲이 이렇고 을乙이 저렇고 분통을 터뜨리며 혈압 올려도, 자연은 아랑곳하지 않는다. 생로병사니 희로애락이니 해 가며 희희낙락하다가 붉으락푸르락 얼굴빛이 바뀌어도 전혀 개의치 않는다.

이만여 년 전 베링 해협을 건너 최초로 사막에 정착했던 원주민, 모하비 인디언들이 총칼을 앞세운 문명인들에게 정복당해 삶터를 송두리째 빼앗겨도 모하비 사막은 모르쇠 놓는다.

어쩌면 아무리 호들갑 떨어 보았자 저들이 호언하는 소위 만물의 영장 자격으로 얼마나 버틸 수 있으랴 싶어 두고 보는 여유로움이 아닐까.

모하비 사막은 언제나 초연하다. 어제도 그랬고, 오늘도 그렇고, 내일도 그럴 것이다.

사람들만 종종걸음 치며 살아간다. 인생은 육십부터라니, 백세 시대라니 큰소리치며 두 눈을 깜빡이지만 시정市井의 밤하늘에서는 북두칠성도 쉽사리 헤아리지 못한다.

모하비로 가자. 게서 큰개자리가 밤새 우짖는 소리도 들어보고, 날갯짓하는 독수리 성좌도 만나 보고, 물독자리에 물이 얼마나 차 있나 확인도 해 보자.

팔로마에서 만난 가을 낚시꾼

하산길이었다. 왕복 4마일, 비교적 짧고 평탄한 하이킹 코스이지만 몇 백 년씩 묵은 아름드리 나무들이 하늘을 찌를 듯 빽빽하게 들어서 있었다. 해발 오천 피트를 넘나드는 팔로마 산 한 줄기, 그 골짜기로 가을 기운이 자욱하다.

지독한 가뭄으로 캘리포니아의 산하가 단내를 풍기며 타들어 가건만 계곡물이 질금질금 흐르다니, 비록 넉넉지는 않더라도 무척 반가웠다. 간간이 물길이 토막으로 끊겨 지근거리에 방석만한 소沼들이 듬성듬성 자리를 틀고 있었다.

낚시꾼 혼자서 낚싯줄을 던졌다 건졌다 하면서 계곡을 따라 느릿느릿 올라오고 있었다.

느긋한 행동 거지이나 무심한 표정으로 보아 애써 물고기를 낚으려는 의도라기보다는 구름 따라 세월 따라 한가로이 산행하다가 계곡물이 좀 깊어 보이면 노크하듯 일일이 문안 인사를 건네는 것 같았다.

"좀 잡았습니까?"

"웬걸요, 물길이 끊겨 고기가 없나 봐요."

"그럴 테지요. 워낙 가뭄이 심해놔서."

"재작년까지만 해도 어린애 팔뚝만 한 송어들이 득실댔었는데…."

말로는 그래도 결코 아쉬워한다거나 서운해하는 것 같지 않았다. 어쩌면 송어를 잡으려 하기보다는 소슬바람에 팔랑개비처럼 손짓해 대는 단풍잎을 한 광주리를 낚아 보겠다고 깊은 산속을 선유仙遊하는 가을 낚시꾼이 아닐까 싶었다.

보란 듯이 등산로를 가로질러 길게 드러누운 통나무 그루터기에 걸터앉아 다리를 주무르고 있던 아내가 속삭였다.

"여보, 위에 잠깐 다녀와야 할 것 같아요. 얼른 알려 줘야지요."

미운 정 고운 정 주거니 받거니 반세기 가까운 세월을 공유하며 터득한 눈치코치가 멀쩡한데 척하면 삼천리, 그녀의 속내를 짐작하고도 남았다.

"알겠소. 내 퍼뜩 다녀오리다."

조금 전, 준비해 온 도시락으로 간단하게 늦은 점심을 때우고 자리를 털고 일어섰던 그곳에 멍석보다 좀 더 커 보이는 못이 있었다. 식사 전에 고수레를 한답시고 밥 한 숟가락을 손가락으로 튕겨 못물 여기저기에 뿌렸다. 금세 거무스레한 송어 한 마리가 슬슬 눈치를 보면서 접근하더니 다시 건너편 물그림자 속으로 꼬리를 감췄다. 잠깐 사이에 또 다른 송어와 짝을 이루어 나타나 먹이 주위를 맴돌면서 몇 번 입질해 보더니 사이좋게 홀짝홀짝 삼키기 시작했다. 유심히 바라보고 있던 그녀가 신통하고 기특하다는 듯 속삭였다.

"금실 좋은 부부 같아요."

송어 부부가 걱정되어 애태우는 아내, 그 심정을 어찌 모르랴. 부리나케 내려오던 길을 되잡아 올라갔다. 행여 밥풀떼기가 남아 있으려나 싶어 현장을 떠나지 않고 물속을 맴돌던 송어 한 쌍이 허둥지둥 짙은 수초숲 속으로 모습을 감췄다. 돌멩이 몇 개를 주워 염불 외듯 중얼거리며 못물에 던져 넣었다.

"꼭꼭 숨으려무나. 행여 먹음직한 미끼가 꼬리쳐도 꼼짝 말거라."

못물 바닥에 널브러졌던 노란 나뭇잎들이 화들짝 놀라 수면으로 떠올라 뱅그르르 돌며 사주 경계를 서기 시작했다. 다람쥐 한 마리가 까치발로 꼿꼿이 서서 눈을 깜빡이더니 잽싸게 도토리나무 꼭대기로 기어올라 사면팔방을 망보기 시작했다. 도토리 한 알이 물속으로 곤두박질치며 팽그르르 가라앉았다. 화급한 상황을 이웃에게 알리는 귀띔이었으리라.

마지막 남은 돌멩이 하나를 못에 던지고 손을 털며 뒤돌아서는데 전나무처럼 껑충한 가을 낚시꾼이 바위 위에 팔짱을 끼고 서서

잔잔한 미소를 보내고 있었다.

　엉겁결에 놀라 올려다보니 가을 햇살에 불그스름히 물든 표정이 단풍에 물들어 가는 팔로마 산처럼 근엄하고 아름다웠다.

　"물고기들이 깊숙이 숨었나 보지요?"

　가을 낚시꾼이 빙그레 웃으며 윙크를 보내왔다.

　"네, 그런가 봅니다."

　하도 민망하고 멋쩍어 헛웃음을 지으며 대답했다.

　"당신 와이프가 밑에서 기다리던데요"

　"아, 그렇군요. 여기에 더 계실 겁니까?"

　"아닙니다. 함께 내려가시지요."

　그가 뒤돌아서더니 성큼성큼 앞장서 걷기 시작했다.

　바위처럼 듬직한 뒷모습이 팔로마 산 같았다. 휘적휘적 앞서 걸어가는 가을을 놓칠세라 나도 부랴부랴 하산길을 서둘렀다.

파키라 한 그루

사무실을 옮길 때마다 차마 버리지 못하고 십오륙 년 동안 달고 다니는 파키라 나무 한 그루가 있다. 오늘도 작고 비좁은 화분에서 연초록 잎사귀를 벌리고 나를 쳐다본다.

오래전에 첸초Chencho라는 직원이 책상 위에 올려놓고 정성들여 기르다가 회사를 떠나면서 정표로 놓고 간 나무다. 당시에 한 뼘쯤 하던 키가 이제야 겨우 두 뼘 반 정도로 자랐다.

원래가 잘 자라지 않는 수종樹種인지, 아니면 제때에 정성 들여 보살피지 못해 제대로 크지 못하는지, 그 초라한 모습을 볼 때마다 항상 미안하고 안쓰럽다.

게다가 다른 나무들처럼 꽃망울도 한 번 터뜨려 보지 못하고 구석빼기에 다소곳하고 처박혀 있으니 청상과부 대하듯 애잔스러워 연민을 앓는다.

집사람은 화초나 꽃을 좀 지나치다 싶게 좋아한다. 서울에서는 사나흘이 멀다 하고 양재동까지 가서 몇 다발씩 꽃을 사다가 집 안 구석구석에 꽃꽂이했었다. 그러나 나는 꽃꽂이를 보고 있으면 예쁘기는커녕 가슴이 답답해 왔다. 꽃병에 갇힌 꽃도 불쌍하고, 화분에서 비실대는 화초도 딱하고, 울안에 감금된 꽃나무들도 가련하기는 예나 지금이나 마찬가지다.

한번은 양재동 꽃시장엘 따라갔다가 가마득하게 널려 있는 꽃과 꽃나무들을 보면서 마치 어느 영화에서 본 노예 시장 한가운데에 서 있는 듯싶어 명치가 저려 왔다. 솔직한 심경을 아내에게 털어 놓았더니 사차원적 발상이라며 놀려 댔다.

그 후로는 잘해야 "우리 집에 당신과 딸 셋, 그리고 가사 도우미와 강아지까지도 모두 예쁜 꽃들인데."라며 우물쭈물 저항도 해 보았다.

미국에 살면서부터 꽃꽂이는 거의 하지 않지만 아직도 가격이 좀 헐하고 만만하다 싶은 화분이나 꽃이 눈에 띄면 참지 못하고 사 들인다. 그래도 먼 이국땅에서 외로워 그러려나 싶어 모른 척 눈감아 버린다.

지난 토요일, 어느 문인의 고희 출판기념 파티에 참석했다. 입구에서부터 복도를 거쳐 행사장까지 축하 화분과 화환들이 폭넓은 넥타이를 동이고 안팎으로 사열하고 있었다.

축하 화분과 작가의 명성은 비례한다던가. 그럴지도 모른다 생각하니 오늘의 주인공은 문단의 원로임에 틀림없으리라는 확신이

들었다.

행사가 끝나자 꽃을 사랑하는 꽃 같은 여인들이 꽃을 한 다발씩 나누어 갖고 떠났다.

아내와 딸도 버거울 정도로 꽃묶음을 한아름씩 안고 흐뭇해하고 있었다. 간택되지 못한 꽃들은 호텔 종업원들에게 질질 끌려가 쓰레기통에 거꾸로 처박혔다.

귀가하는 차 속에서 작심하고 오래간만에 사차원적인 코멘트를 해 봤다.

"풍속도가 하도 이상야릇하니 꽃들이 꽃들을 부둥켜안고 비벼 대네그려."

노천명 시인의 〈들국화〉라는 시가 생각난다. 그녀의 거실에선가 서재에선가, 화병에 갇힌 채 병들고 시든 들국화를 언덕바지에 묻으며 회한의 아픔을 읊던 여인, 그녀의 출판 기념식장에도 화분과 화환이 가득했었을까 궁금하다.

한아름 고이 안고 돌아와/ 화병에 너를 옮겨 놓고/ 거기서 맘대로 자라라 빌었더니

들에 보던 그 생기 나날이 잃어지고/ 웃음 거둔 네 얼굴은 수그러져 빛나던 모양은 한 잎 두 잎/ 병들어 갔다.

― 노천명의 〈들국화〉 중에서

우리 동네 혼다 자동차 사옥을 끼고 대로변에 만발하던 벚꽃들이 나뭇잎도 채 돋기 전에 벌써 우수수 지기 시작한다. 이곳 벚꽃들은 하나같이 분홍색이다. 아마도 먼 이국땅까지 강제로 끌려와 고향 그립고 삶에 지쳐 피멍이 들었나 보다.

연분홍 꽃물방울이 하염없이 흘러내린다. 겨우내 매연 공해에 시달리며 기침 재채기를 억지로 참고 지내다가 봄바람 살랑이자마자 한꺼번에 꽃망울을 터뜨리는 벚나무들이 온몸을 들먹이며 울음보를 허무는가 보다.

사람들은 자유를 생명보다 소중하게 여긴다. 오죽해야 자유가 아니면 죽음을 달라 할까. 자유가 사람들에게 소중한 것이라면 세상 만물에게도 매한가지일 것이다.

길짐승도 날짐승도 물고기도 나무도 풀도 자유롭고 싶을 게다. 하다못해 돌덩이에게도 자유는 소중하지 않을까. 공원이나 정원으로 강제로 이주당한 자연석도, 실내 장식장 위에 발 묶인 채 볼거리로 애완당하는 수석도 애처롭긴 마찬가지다.

사람들이 죽음을 각오하면서까지 그렇게 벗어나고파 안달하는 '부자유'라고 하는 '부자연스러움'도 따지고 보면 사람들 스스로 자초한 함정이나 덫에 지나지 않는다.

자유를 위해 저항하던, 사정하던, 또는 구걸하던, 그건 사람들이 저들끼리 해결하여야 할 사람들 몫이다.

스티븐 호킹 박사는 그다지 머지않은 장래에 지구의 종말이 올

것이라고 단언했다.

그것이 사람들의 무분별한 환경 파괴에 원인이 있는지 아니면 우주 질서 자체에 동인動因이 내재되어 있는지 설명은 없으나 분명한 것은 인간들에 의해서 종말이 앞당겨지리라는 것이다. 그러면서도 그는 실낱같은 낙관론을 펼친다. 백 년 안에는 어렵겠지만 언젠가는 인류가 화성이나 태양계의 다른 행성에 자급자족이 가능한 식민지를 건설할 수 있을 것이란다.

그러나 이를 믿어 본들 무슨 위로가 될 수 있으랴. 우주 개척 시대가 열려 설령 식민지 행성이 현실화되더라도 60억이 넘는 인구 중에 도대체 몇 명이나 바늘구멍 같은 희망의 길을 통과할 수 있단 말인가. 그야말로 하늘의 별따기일 테니 말이다.

첸초에게서 이메일이 왔다. 얼마 전에 입양한 아들의 입양 파티에 참석해 달라는 초청이었다. 그가 칠팔 년 전에 인공수정으로 어렵게 아들 하나를 얻었는데 또다시 시도하자니 비용도 만만찮고 수정 과정이 와이프에게 너무 힘들어 고심 끝에 입양한 아이였다.

문득 파키라 나무를 돌려주어야겠구나 하는 생각이 들었다.

그래, 좀 더 고급스럽고 넉넉한 화분에 분갈이해 모딜리아니의 여인처럼 긴 파키라 목에 스카프 하나 둘러 '축 입양'이란 일필휘호까지 곁들여 돌려주어야겠다.

이제 와서 돌려준다 한들 자연으로 돌아가기는 영 글렀지만 그래도 내 안쓰러운 마음은 달랠 수 있지 않을까.

자연을 있는 그대로, 생긴 그대로 놔두면 몸살해 대는 사람들의 끝 모를 횡포로 저들이 망가질 뿐 아니라 자유까지 유린된다. 자유란 자연스러움이 아닌가. 나무도 꽃도 돌도 자연스럽고 싶을 것이다. 교도소 같은 정원 울타리 안에서 구차스럽게 버팀목에 기대어 열병하듯 피어나 뒤룩거리는 장미꽃에게는 정이 붙지 않는다.

그에 비하면 야산이나 들녘에서 개구쟁이 숨바꼭질하듯 얼굴 살짝 내미는 자잘한 들장미는 생동감 있고 아름답다. 들장미의 그 천진스러운 몸짓이, 그 풍요로운 존재 방식이, 그 밝고 싱싱한 생명력이 바로 '자유로움'이요 '자연스러움' 아닌가.

나도 들장미처럼 자연스럽고 싶다.

파키라 한 그루, 그 연민의 고리에서도 자유롭고 싶다.

행복한 아침에

축구장 서너 배쯤 되는 호수를 끼고 동네 인근에 공원이 있다. 시정부에서 관리하는 공원으로 그 규모가 제법 크고 경관 또한 꽤나 아름답다. 집에서 걸어 이삼십 분 거리다.

동네 사람들이 산책이나 운동도 하고 주말이면 가족이나 친지들과 더불어 야외 파티도 연다.

가끔 호숫가에 앉아 망중한을 즐기는 낚시꾼들도 심심찮게 볼 수 있다.

내가 매일 아침 산책하는 곳은 공원이 아니라 공원 뒤편에 있는 야트막한 야산이다.

원래는 야생 생태 보호 구역 겸 청소년들을 위한 캠핑장이었으나 언제부터인가 인적이 거의 끊겨 버렸다. 산발치에 시립대학이 들어서고, 한 블록 건너편에 대형 정유 공장이 들어서면서 이래저래 제구실을 할 수 없기 때문이리라.

이곳에는 비교적 평탄하고 너른 야영장이 몇 군데 있어 골프 연습하기에 안성맞춤이다.

이용하는 사람들이 없이 방치된 시설들이다. 아연 5,6번 정도 는 마음껏 휘둘러도 비거리가 넉넉하다. 적당하게 크고 작은 잡목 들과 천연의 러프rough도 있고 그린처럼 동그랗게 조성해 놓은 모닥불 터가 남아 있어 실감 나는 골프 연습이 가능하다. 내게는 그야말로 분에 넘치는 개인 골프장이나 진배없다.

우리 부부는 이곳을 '삼삼三三 골프장'이라고 부른다. 파 3 코스 가 셋이라는 뜻이다.

"여보, 삼삼 골프장에 다녀올게요."

"그러세요. 그동안 조반 준비나 해 놓을게요."

우리가 거의 매일같이 주고받는 아침 인사다. 비록 허풍에 지나 지 않는 농담조 인사말이지만 남들이 들으면 꽤나 부러워 시샘하 지 않을까 모르겠다.

삼사십 년 전에 서울에 살면서 자주 들르던 '123 골프장'이 있었 다. 구파발 어딘가에 있었는데 아직도 있는가 모르겠다. 파 5가 하나, 파 4가 둘, 그리고 파 3 코스가 셋, 그렇게 옹기종기 여섯 코스가 있어 '123 골프장'이라고 했다. 닭장마냥 답답한 연습장보 다야 훨씬 시원시원하고 실전처럼 연습하기에 제격이어서 찾는 골퍼들이 제법 많았다.

평일에도 여섯 홀 한 바퀴를 돌려면 줄을 서서 기다리느라 번거

롭기도 했지만 그린피와 캐디 팁도 만만치가 않았다. 그에 비하면 비록 파 3 세 코스에 지나지 않는 초라한 삼삼 골프장이긴 하지만 그린피도 없고 '빨리빨리' 하며 다그치는 캐디도 없으니 얼마나 한갓지고 자유로운가.

행복이란 결국 자족이 아닐까. 비록 수천억 원대 비자금을 사돈에 팔촌 이름까지 총동원해 국내외에 숨겨 놓고 여론의 질타와 사정 당국의 집요한 추적과 언론의 눈총에 전전긍긍한다면 무슨 행복감이 가능할까. 행복은커녕 가시방석과 다름없을 것이다.

혹시 작심하고 바늘방석에 정좌하여 일심귀명一心歸命하는 구도求道의 길이라면 모를까, 그게 아니라면 차라리 모든 걸 미련 없이 탈탈 털고 이곳에서 브이아이피 골프나 치며 소일하는 것이 훨씬 행복하지 않을까.

야영장 옆 한 그루 나지막한 소나무 가지에 나팔꽃이 활짝 피었다. 마치 꽃가마 같다. 여기서는 우리나라 나팔꽃을 모닝글로리라고 부른다. 어제만 해도 아침 햇살을 받아 청초한 자태를 뽐내던 나팔꽃 몇 송이가 다부진 여인네처럼 암팡지게 꽃잎을 오므리고 있다.

땅바닥에 떨어져 편히 누운 낙화들도 넘너른하다.

사람들은 꽃이 피었다가 시들어 결국 덧없이 진다고 인생무상에 비유하기도 한다.

그러나 가당찮은 오해다. 나팔꽃이 옹골지게 온몸을 웅크리는 행위는 수정을 끝내고 씨방을 오롯이 갈무리하는 동작이 아닌가. 난핵과 정핵이 결합해 자리를 잡으면 여한 없이 해탈하는 꽃, 무상감이라니 말도 되지 않는다.

아무리 그래도 척박하고 외로운 곳에서 단비를 기다리는 나팔꽃들이 좀 안쓰러워 보인다. 집에서 챙겨 온 생수 한 병을 소나무 밑동에 송두리째 부어 준다. 누리끼리하던 꽃줄기가 금세 생기를 되찾는 것 같다.

나팔꽃들이 미소 지으며 살랑살랑 아침 인사를 건넨다. 야생 토끼 한 마리가 두 귀를 쫑긋하며 눈치를 살피더니 덤불 속으로 숨어든다. 들비둘기 한 쌍이 소나무 가지에 나란히 앉아 있다. 저 멀리 아스라한 산줄기 능선 위로 살얼음같이 엷고 부드러운 구름이 아침 햇살을 받아 은빛 해피 바이러스를 연신 쏘아 댄다.

행복한 아침이다.

2

문명
이야기

길

클리블랜드 산맥 엉치 부위에 해당하는 테메스칼 캐넌, 인적이
뜸한 산중턱에 샘터가 하나 있다. 인근으로 주택 단지와 골프장이
들어서면서 점차 말라든다. 몇 년 전까지만 해도 오솔길 따라 반
마장 정도 오르다 보면 샅 깊숙이 그늘진 못에 사시사철 맑은 물
이 철철 넘쳤었다. 주변에는 개구리, 산새, 산토끼, 하다못해 코
요테의 배설물과 발자국들이 선사유적처럼 흩어져 있었다.

그러나 몇 년 새에 양동이 하나나 겨우 찰까 말까, 옹색하게
자투리 샘터를 사수하고 있는 이곳에 푸르죽죽한 이끼가 잔뜩 끼
고 짐승들 발자취도 희미해졌다. 능구렁이처럼 흉물스레 생겨먹
은 플라스틱 취수관이 탐욕스러운 주둥이를 내밀고 샘물이 차오
르기를 기다린다.

골프장의 인공 호수와 연결된 취수관과 엇비스듬히 트랙터 한
대는 너끈히 다닐 만한 비포장 길이 앙칼지게 할퀸 손톱 자국

같다.

북극 항로 특별 취재팀의 현장 보도가 있었다. 동토의 땅 시베리아가 기지개를 켜고, 북극 뱃길이 열린다고 손뼉 치더니 한술 더 떠 지구 온난화의 역설적 쾌거라고 사족을 달았다.

빙산을 허물고 빙하를 헤집어 뚫은 바닷길, 유럽과 아시아를 잇는 가장 짧고 빠른 지름길이란다. 그런데 어찌해서 내 귀청에는 북극곰 통곡 소리와 물개들 울음소리뿐 아니라 크릴새우들 흐느끼는 소리가 환청처럼 들리는 것일까.

쇄빙선碎氷船이 사정없이 얼음 바다 명치를 쑤시더니 우적우적 갈비뼈를 부숴 댔다.

가뜩이나 온난화에 몸살을 앓고 있는 지구 생태계의 마지막 보루이자 버팀목인 북극의 빙원氷原이 단말마의 비명을 지르며 뭉텅뭉텅 잘려 나갔다.

취재팀은 '인류가 개척하는 세 번째 위대한 항로'라며 호들갑 떨었다. 몇 세기도 지나지 않아 북극이 사막으로 변할 것이라는 우울한 전망에도 불구하고 '운송의 대혁명'이라며 환호해도 되는 것일까.

사람들은 걸핏하면 길을 뚫는다. 하늘길이든 뭍길이든 물길이든 씨줄 날줄 엮듯 촘촘하게 길을 내고 넓힌다. 어디 그뿐인가, 도굴꾼 무덤 파헤치듯 온 천지를 들쑤셔야 직성이 풀린다. 목전의 이득과 순간의 편의만을 위한 아둔한 생태계 파괴가 결국은 인류

문명의 막장으로 향하는 돌아올 수 없는 직행길이 될 것이라는 엄연한 사실을 너무나 잘 알면서 말이다.

자연에도 길이 있다. 별들의 운행 궤로軌路, 지구의 공전 궤도, 대기大氣의 순환길, 내와 강이 흐르는 수로, 동물들이 오가는 짐승길, 날짐승의 귀소길, 물고기들이 오가는 물길, 하다못해 갯지렁이가 들고나는 개펄 길 등등 온갖 헤아릴 수 없는 길들이 있다.

그런 길들이 자연의 혈로血路이자 정도正道, 즉 긍정의 길이라면, 자연을 굴착한 인위의 길은 혈류血流를 방해하고 고인 피를 썩히는 외도外道, 곧 부정의 길이 아닐까.

쇄빙선과 최후의 항전을 벌이며 빙산들이 하나 둘 무너져 내린다. 그린란드 빙하가 흐물흐물 녹아 흐른다. 도처에서 울화 같은 해일이 넘친다. 대지가 푹푹 한숨을 내쉰다. 벌거숭이 산들이 분통을 터뜨린다. 기름을 뒤집어쓴 바닷물이 가쁜 숨을 토한다. 밀림이 야금야금 잘려 나간다. 산야가 검붉은 연기를 뿜으며 몸부림친다. 메말라 가는 강줄기가 축 늘어진다. 호수가 배를 드러내고 바닥이 거북등같이 갈라진다. 하늘에서는 무수한 천공穿孔이 계시啓示의 빛살을 쏟아 낸다. 천지가 몸살 차살 해 댄다.

천재일까 인재일까.

인류문명의 위기라고 한다. 누구나 이를 인정하지만 모든 걸 남의 탓으로 돌리고 나 몰라라 고개를 외로 튼다. 당장은 내 발등에 떨어진 불이 아니라 무시하며 너도나도 죽을 둥 살 둥 자연으로부터 약탈한 꿀단지에 코를 처박는다.

제동 장치가 풀린 문명의 수레바퀴는 멈출 기색이 전혀 없어 보인다. 가속에 가속을 더해 가며 카타스트로프를 향해 질주한다. 수에즈 운하나 케이프타운 곶串을 우회하는 수고로움마저도 감지덕지해야 마땅하거늘 멀쩡한 생 염통살을 도려내듯 굳이 얼음바다 뱃길을 뚫어야만 속이 후련할까.

쓰잘머리 없는 걱정으로 속을 태우고 있는데 어느새 산 그림자가 바짓가랑이를 지긋이 잡아당긴다. 그래, 그렇구나. 오르막길이 있으면 내리막길도 있다는 엄연한 현실을 깜빡했구나. 뉘엿뉘엿 서산마루에 걸린 석양도 인간사를 비웃적거리는 것 같다. 초라하게 찌들어 가는 샘터를 마주하기 부끄럽고 쑥스러워 부랴부랴 하산길을 재촉한다.

쥐불놀이

베이커스필드를 향해 헝그리 밸리를 넘는다. 전후좌우로 땡볕에 기진맥진한 산자락들이 축 늘어져 있다. 지난해부터 심한 가뭄으로 산야가 온통 비루먹은 소 같다. 성냥불이라도 한 개비 그어 던지면 금세 온 산과 계곡으로 걷잡을 수 없는 불길이 번질 것만 같다.

"탕, 탕, 탕, 땅, 땅, 땅…" 총소리가 들렸다. 몇 분 사이 쉴 새 없이 총탄이 터져 나갔다. 매캐한 연기가 퍼져 나갔다. 피아간의 실전을 방불케하는 총성이었다.

추석 명절은 지난 지 이미 오래건만 그런대로 먹을거리가 풍족한 계절이라서 허기를 면한 아이들이 쥐불놀이를 하고 있었다. 어른들은 정월 대보름 전날 쥐불놀이를 한다지만 아이들에게는 정해진 계절도 일정한 날짜도 따로 없었다.

당시만 해도 흔하고 흔한 것이 총탄이었다. 카빈총알, 엠원M1

총알, 기관총탄알 등 마음만 먹으면 얼마든지 손에 넣을 수 있었다.

각자 수확해 온 탄알을 뼘 거리로 간격을 맞추어 논두렁에 일렬로 늘어놓았다. 탄알 대가리는 먼 앞산 방향으로 가지런히 정렬시켰다.

준비가 끝났다는 반장의 신호에 이어 대장이 논두렁 한쪽 끄트머리 바싹 마른 풀숲에 성냥개비를 그어 던졌다. 사내아이건 계집아이건 할 것 없이 부랴부랴 논두렁 밑으로 납작 엎드려 숨을 죽였다. 전쟁 통에 익힌 피신법이요 은신법이었다. 그 전쟁이 어정쩡하게 멎은 지 어언 60년이 지났다.

가을의 끝자락이었다. 한 해 동안 할 일 다 했다는 듯 나무들도 하찮은 소슬바람에도 몸을 흔들며 마른 잎사귀를 미련 없이 털어 냈다. 흙 속 깊숙이 뿌리를 내려 논두렁 밭두렁에게 내력耐力을 보태 주던 잡초들도 누런 제대복으로 갈아입기 시작했다. 쥐불놀이보다 재미있는 놀이는 세상에 없었다. 실탄을 장전한 쥐불놀이는 더더욱 신났다.

요즘 지구촌 도처에서 쥐불놀이가 한창이다. 논밭두렁에서 아이들이 노는 쥐불놀이가 아니다. 생사람 허리나 가슴에 폭탄을 장전하고 인파가 붐비는 곳이면 때와 장소를 가리지 않고 점화하는 쥐불놀이다. 대피 명령도 없다. 아무도 신난다고 드러내 놓고 떠들지 않지만 뒷전에는 어김없이 회심의 미소를 짓는 두목이 있기 마련이다. 그에게 테러는 심심풀이 쥐불놀이나 마찬가지다. 쥐불놀이에 목숨을 던진 사람들은 죽어서 열사 대열에 합류한다. 그러니 억울하고 원통하기는커녕 오히려 영광이다.

열사가 넘쳐 난다. 공권력으로 정의냐 불의냐를 가늠하는 것은 골빈당 짓이다. 바락바락 공권에 맞서다 맞아 죽거나, 제 분을 못 참아 홧김에 스스로 몸에 불을 지르거나, 윗사람의 엄명을 거스를 수 없어 울며 겨자 먹기로 자폭하거나, 제 삼의 행동 대원이 성냥불을 그어 대 얼떨결에 타 죽어도 영원한 열사로 다시 태어난다.

우리는 지금 열사 시대에 살고 있다.

어른들이 저지르는 쥐불 테러에 몇 가지 원칙이 있다. 무조건 죽여라. 살아 돌아올 생각은 아예 버려라. 사람들이 밀집한 곳에서 감행하라. 공공건물이나 호텔이면 더더욱 좋다. 외국인 관광객이 많으면 많을수록 명당이다. 명심하라, 너희들은 인간이 아니라 자랑스러운 폭탄이다.

우리들의 쥐불놀이에도 원칙이 있었다. 인가나 우물가에서는 절대로 하지 마라. 노적가리나 볏짚 더미가 있는 곳은 피해라. 사정거리 안에 아무도 없는 곳이어야 한다. 놀이가 끝나면 불씨가 남아 있나 확인하라. 대원 모두 불끄기가 끝날 때까지 현장을 지켜라.

쥐불놀이의 원칙을 철저히 준수하다 보니 불의의 화재가 발생

하거나 누군가가 다친 적이 한 번도 없었다.

헝그리 밸리를 넘어 주유소에 들러 가스를 주입하려다 보니 보닛에서 꾸역꾸역 연기가 새어 나온다. 엔진 과열이다. 굽이굽이 가파른 고갯길에서 무리했나 보다. 냉각수 한 통을 부어 넣는다. 엔진을 켜고 10여 분을 기다려 본다. 엔진 온도 계기가 정상치를 회복한다.

갑자기 허기가 밀려온다. 주유소 매점으로 들어서니 손님들이 북적거린다. 혹시 쥐불 테러라도 터질까 공연한 걱정이 든다. 객쩍은 짓인 줄 뻔히 알면서도 두리번두리번 주위를 살핀다. 혹시 쥐불 노이로제에 걸린 게 아닐까.

엑스엑스엑스

시옷에
쌍시옷도 있고
지읒에
쌍지읒도 있으면서
무슨 억하심정이 있어
멀쩡한 로마글자를
엿 먹이나
툭하면
엑스엑스엑스
엑스엑스
엑스

느낌표

캘리포니아가 갈증을 앓는다. 작년까지만 해도 백 년 만이라더니 금년에 들어서면서 언론 매체들이 일제히 오백 년 만에 찾아온 가뭄이라고 야단법석이다.

오백 년 만이라니! 캘리포니아는 고사하고 미국이라는 나라도 지상에 존재하지 않던 시대가 아닌가. 오백 년 전이라면 크리스토퍼 콜럼버스가 아메리카 대륙을 정복한 후 금의환향해 이승을 하직하던 무렵이 아닌가.

언론들이 앞장서서 절수節水 캠페인을 벌인다. 주정부는 수돗물을 과용하는 가정에게 할증금을 부과하겠노라 엄포를 놓지만 효과가 신통치 못한 것 같다.

얼마나 답답하고 다급했으면 주정부가 나서 캘리포니아 고속도로 전광판마다 물을 아끼자며 구호성 느낌표를 내다 붙였을까.

캘리포니아 프리웨이를 오가다 보면

전광판마다

대롱대는 갈증

가뭄 자락에 힘겹게 매달려

안간힘 쓰는 느낌표

등 굽는다

Serious Drought,

(가뭄이 심각합니다.)

Help save water!

(물을 아낍시다!)

바람기 못 참아 몸살 앓는 느낌표

발정 난 수캐처럼 쏘다니더니

늘그막에 몹쓸 병 옮았나

사타귀 움켜잡고

꾸부정 웅크린 채

울상 짓는다

어느 시인이 노래했던가

목말라 목말라 죽어도 좋은 갈증

사랑은 좋은 느낌표라고

글쎄 그게 나름이겠지

느낌표도 등 휘면

물음표잖아

   오늘 아침 주택가 골목을 요리조리 돌고 돌아 공원묘지까지 산책을 다녀왔다. 오가는 길에 둘러보니 집집마다 정원에는 가지런하게 다듬어진 짙푸른 잔디들이 스프링클러 물세례를 받으며 시시덕대고 있었다. 몇몇 집에서는 아예 홍수가 난 것처럼 물길이 넘쳐 보도를 지나 차도로 흘러들고 있었다.

   사자死者를 위한 특별 배려인가, 드넓은 공원묘지에서는 질편한 물 잔치가 한창이었다. 스프링클러들이 서로 경쟁이라도 하듯 빙글빙글 돌아가며 물보라를 일으키고 있었다.

   물이 철철 넘쳐 수장水葬을 치른 것 같은 묘역이 나타났다. 동양인인 듯싶은 성묘객이 묘지에 고인 물을 걷어 내느라 물걸레 대신 티셔츠를 벗어 연신 물을 적셔 짜내고 있었다.

   실천이 뒤따르지 않는 구호는 공염불이다. 감동도 호응도 따르지 않는 느낌표는 허리가 잔뜩 굽은 노인네처럼 궁상맞고 볼품없다. 제아무리 꼿꼿한 느낌표라도 강호를 헤집고 다니며 주색에 빠지다 보면 일찌감치 삭신이 무너지고 힘도 빠져 꾸부정하니 물음표가 된다.

하늘에는 분노의 포도 같은 흰 구름이 천연덕스러운데 빗기운을 머금었을 성싶은 자투리 먹구름 한 닢도 보이지 않는다.

겨울이 가까워서일까, 아침 기운이 사뭇 을씨년스럽다.

갑을 논쟁 타령

카운티 청사 뒤꼍에 아담한 일본식 정원이 있다. 연못에 가을색이 흠뻑 물든 연잎들이 떠돌고 그 사이사이로 비단잉어들이 설핏설핏 눈에 들어온다. 소요逍遙라도 하듯 흐느적흐느적 유영하지만 특별한 목적이나 의도가 있는 것 같지는 않다.

유유자적이 곧 자연의 존재 방식 아닌가.

연못가에 쪼그리고 앉는다. 연못 속 물 그늘에 물방개가 얼씬거린다. 자세히 들여다보니 송사리도 몇 마리가 눈에 띈다. 제법 우람한 잉어 예닐곱 마리가 연신 연못 물을 가르며 몰려다니지만 물거품이 떠오르지 않는다. 권력 다툼이나 이권 분쟁을 일삼는 이전투구도 없다.

쥐뿔같은 자존심을 내세우며 힘 겨루는 놈들도 눈에 띄지 않는다. 어깨를 으쓱대며 "내가 누군지 알아?"라며 뻐기는 놈들도 보이지 않는다.

못물 세계는 지금 정중동, 동중정이다.

지구촌 곳곳에서 갑을 논쟁이 한창이다. 어디 갑을뿐인가. 갑을병정이 이리저리 얽히고설켜 가마솥 콩죽 팥죽 뒤끓듯 부글거린다. 바다 건너 청구靑丘에서는 갑남을녀가 잔뜩 독이 오른 고추마냥 시뻘건 눈을 부라리고, 백 년 만인가 오백 년 만인가 가뭄을 앓는 이 녘에서는 톰Tom과 딕Dick과 해리Harry가 침 튀겨가며 끝 모를 언쟁을 벌인다.

옛날 옛적 '아마조네스'라는 여인왕국이 있었다던데
아무렴 여왕들만 모여 살았을라고
왕좌가 러브 체어love chair나 대중목욕탕도 아니잖아
짐작컨대 장 씬가 이 씬가는 몰라도
제법 힘깨나 쓰는 여걸이 권좌를 차지했었겠지
슬하에 삼정승은 물론 권력에 빌붙어 사는 삯벼슬아치도 있고
농사꾼 장사꾼 막노동꾼 글쟁이들도 어우러져 살았겠지
게라고 층층시하가 왜 없었을라고
여왕 측근엔 내시內侍는 몰라도 시녀侍女들이야 있었겠지
예뻤을까 미웠을까 물으나 마나야
척하면 삼천리 뻔할 뻔자잖아
우락부락한 근육질 여장부가 낌 받는 게 당연하잖아

삼바의 나라 '노이바 데 코데이로'라는 산간 마을에는
요즘도 여인들끼리만 끼리끼리 논밭 갈며 산다며
장삼이사 여인들이 알콩달콩 산다는데
그걸 누가 믿겠어 그렇잖아
여두목은 몰라도 여반장이야 있겠지
어디 그뿐이겠어
늙은이 젊은이, 예쁜이 못난이, 뚱뚱이 홀쭉이, 게다가
키다리 땅딸보도 두루두루 섞여 살겠지
거기라고 왜 갑을병정이 없겠어
잘난 여인 못난 여인들이 어우러져 복권 추첨 공처럼
악살박살 나도록 서로 치고받는다고
뭐 이런 개판보다 못한 고스톱 판이 다 있어
말 타박 붓 타박할 수는 없는 일이지

참아
참고 또 참아
참고 또 참아도 영 분이 풀리지 않으면
참고 또 참다 보면 만복이 터지려니 철석같이 믿어 봐

　　교장, 교감, 선생님에 간호사까지 깡그리 내쫓고 고위층이나
있는 집 아이들에 얼짱, 몸짱들도 비질하듯 쓸어버리면 학교가

무릉도원이라도 될 줄 착각하지만 그건 인성人性을 잘 몰라서다. 애오라지 최후의 승자 혼자 달랑 남을 때까지 시시비비가 끊이지 않는 것이 인간사의 진면목이 아닌가.

비단잉어 한 녀석이 공중제비로 늘씬한 몸매를 자랑하며 연못에 파문을 일으킨다.

계관시인이라도 되는 양 연잎파리에 폼 잡고 앉았던 청개구리 한 마리가 '나라고 못 할쏘냐'며 날렵하게 점핑하더니 물속으로 뛰어든다. 지난 올림픽 때 군침 흘려 가며 쳐다본 금메달리스트 다이빙 선수 같다.

수면이 다시금 잔잔해진다. 비단잉어와 청개구리가 서로 티격태격하는 기색이 없다.

가을 하늘에 두둥실 떠돌던 뭉게구름 한 닢이 기척도 없이 숨어들어도 연못 속 터줏대감들이 저항을 하거나 소요를 일으키는 기미가 전혀 없다.

"인위人爲의 연못에서조차 자연은 저리 한결같구나."

입속으로 숭얼거리며 일어서려는데 우두둑우두둑 뼈마디 소리가 쏟아진다.

*Tom, Dick and Harry: 보통사람들, 어중이떠중이, 장삼이사.

처녀 소가 새끼를 낳았다

이웃집 처녀 소가 새끼를 낳았다
얼마나 아프고 힘들었을까
친정엄마도
산파 할멈도 없이

고무장갑이 겁탈해 낳은 송아지
이리 뒤뚱 저리 뒤뚱
젖꼭지 찾느라
안간힘 쓴다

아비는 누굴까 성은 무어라 할까
핏덩이 바라보는 처녀 어미 소
겁먹은 눈언저리엔
슬픔이 흥건한데

조반도 잊고 싱글벙글대는 주인
저렇게도 좋을까
저러다가
입 찢어질라

나도 가야지

비둘기들이 종종걸음 친다. 분수가 시원스레 솟구친다. 세월 땟국에 절은 청동 조상彫像이 물놀이에 신나 깔깔대는 아이들을 그윽하게 내려다본다. 동상이 드리운 자투리 그늘에 망연히 앉아 있는 노인도 풍상에 녹슨 조각 같다.

안내원이 관광객들 앞에서 무언가 열심히 설명한다. 만국기가 부채꼴 나래를 펼쳐 감싸 안은 돌계단 중간쯤에 남녀 한 쌍이 부둥켜안은 채 꼼짝도 않는다. 젊은이 둘이서 발랄하게 브레이크댄스를 춘다. 히피 차림의 청년이 어깨 비스듬히 기타를 메고 어슬렁어슬렁 광장으로 들어선다.

편견일지도 모른다. 통념의 덫에 걸렸는지도 모른다. 하지만 왠지 '광장'하면 낭만과 사랑과 평화가 깃든 곳이어야 마땅할 것 같다. 젊어 한때 살던 프랑스 파리의 샹젤리제 거리나 콩코드 광장이 그랬다. 지구를 반 바퀴 더 돌아 노년을 견디고 있는 이곳에도 크고 작은 광장들이 많다. 새해맞이를 한다고 밤새도록 쏘다니던 뉴욕의 타임스 스퀘어가 생각난다. 가족과 재회하고 삶터를 마련했던 샌프란시스코 유니언 광장도 그립다.

그 옛날 통금 시간이 임박해 소주에 오징어와 땅콩을 싸 들고 광화문 세종대왕 슬하로 기어들어 친구와 날밤을 지새우는 짓을 낭만이라 여겼다. 딱따기 순찰한테 들킬세라 무릎을 맞대고 쪼그려 앉아 담뱃불을 붙였다. 광화문은 풍만한 여인의 품처럼 언제나 넉넉하고 포근한 공간이었다.

광장이 허구한 날 몸살을 앓는다. 머리에 붉은 띠를 두른 사람들이 광장을 점거하고 북악을 향해 연신 주먹감자를 먹인다. 핏발 선 눈알을 부라리며 악다구니 친다. 넋 놓고 바라보던 관광객들이 희한한 볼거리에 희희덕대며 너도나도 카메라를 들이댄다.

　　사람 똥은 고사하고 쇠똥말똥도 없다던데
　　도대체 무슨 볼일 있는 걸까
　　똥파리들 떼거리 지어
　　우르르 우르릉
　　광장으로 모여든다

　　대관절 그곳에 무슨 먹잇감이 있는 걸까
　　조갈증 같은 궁금증 참지 못해

안달방아 헛바퀴 헛딛다가
문득 깨닫는다
개똥이구나

그래 그래 왜 아니 그렇겠어
광장 곳곳에 애완견 강똥이 구른다더니
한밑천 챙기려는 게지
개똥도 약이라잖아
나도 가야지

밤이 깊어 간다. 늦은 밤 브리트니 스피어스가 '나도 가야지'를 열창한다. 도대체 어디로 가겠다는 것일까. 그녀가 태어난 미시시피일까, 성장했다는 루이지애나일까. 그도 아니면 첫사랑의 추억이 배어 있는 어느 광장일까.

태어난 곳이든, 자란 곳이든, 추억이 배인 곳이든, 마음만 먹으면 언제든지 갈 곳이 있다는 것은 복 중의 복이다. 그곳이 고향이라면 더할 나위 없다.

한가위가 코앞이다. 사람들 등쌀에 밀려난 비둘기들이 올리브 잎사귀를 물고 광화문으로, 광화문으로 되돌아갈 수 있는 날은 언제쯤일까.

그날이 오면, 나도 가야지.

꽃과 혁명

장미전쟁이 있었다. 1455년부터 1485년까지 대영제국의 왕권을 놓고 각기 붉은 장미와 흰 장미를 문장紋章으로 사용하는 랭커스타가家와 요크가家의 30년 전쟁에서 붉은 장미 랭커스타가 승리했다. 아편전쟁도 있었다. 1840년부터 2년 동안 영국과 청나라 간의 이권 전쟁이었다. 지금쯤이면 캘리포니아의 안터로우프 높낮이 구릉 지천에 아편꽃이 만발했으리라.

꽃은 아름답다. 아무데서나 피어나도 꽃은 아름답다. 어찌 산과 들이나 정원에 핀 꽃만 예쁘겠는가. 무덤가나 쓰레기 하치장에 핀 꽃 또한 아름답긴 마찬가지다.

요즈음 우리 동네에 벚꽃이 한창이다. 벚나무는 주로 한국, 중국, 일본 등지에서 자란다는데 무슨 사연이 있어 이역만리 예까지 흘러들어 꺽다리 야자수나 우악스런 오크나무들 틈바구니에서 저리도 힘겹게 버티며 동병상련을 앓게 하는 것일까.

주유소 기름 값이 천정부지로 뛰어오른다. 리비아 발 재스민 혁명의 여진인가, 사하라 사막 모래바람에 숨이 막혀 기겁한 토끼처럼 가스 값이 뛰어 오른다.

재스민 혁명의 진원은 지난해 튀니지에서 한 청년의 자살로 시작된 민주 시민혁명이다. 요즘 재스민이 중동 지역의 막강한 무소불위 권력을 뒤흔든다. 사우디아라비아나 바레인 등 이웃 왕국들이 떨고 있다.

2003년에는 그루지야에서 장미 혁명이 있었고, 2004년에는 우크라이나의 오렌지 혁명과 키르기스스탄의 튤립 혁명도 있었다. 아니, 어쩌자고 예쁜 꽃들이 세계 도처에서 혁명 대열 선두에서 혁명가를 외친단 말인가.

중국에서는 재스민을 모리화茉莉花라고 부른다. 중동 발 재스민 혁명의 불길이 자국 영토로 번질까 싶어 중국 정부가 초비상이다. 당국의 강력한 조치로 요즈음 모든 중국 매체에서 재스민은 물론 모리화라는 단어조차 종적을 감췄다. 꽃집에서는 재스민 판매가 전면 금지되었다. 재스민의 수난이자 굴욕이다.

북녘 땅 꽃제비들이 토끼풀로 연명한다는데 머잖아 그들로 인해 혁명의 불길이 당겨질지도 모른다. 그리되면 토끼풀꽃 혁명이란 이름으로 당당하게 사초史草에 남지 않을까.

사람들은 참으로 짓궂다. 일본이 창씨개명을 들고 나와 조선인들의 자존심을 여지없이 짓밟고 짓뭉개더니 이제는 세계 도처에서 아름다운 꽃님들을 혁명 전사로 내세워 화심花心을 욕보인다. 만약에 화신花神이 정말로 존재한다면 분명 노발대발하여 무슨 수를 써서라도 못된 사람들을 혼쭐내지 않을까.

꽃은 아름다워야 한다. 아름다움은 꽃의 의무다. 꽃에게 있어 아름다움은 당위當爲가 아니겠는가. 피는 꽃도 아름답지만 지는 꽃 또한 아름답다. 설령 인간이나 동물의 먹잇감이 되는 한이 있어도 꽃은 아름답게 최후를 맞을 수 있어야 한다.

그것이 꽃의 권리다.

사람들은 권리와 의무를 중요시한다. 그러나 해석은 아전인수식이다. 내 권리가 중하면 남의 권리 또한 그래야 마땅하다. 남들이 의무를 다하기 바란다면 나도 당연히 그래야 한다. 그러나 사람들은 남의 권리는 빼앗고 내 의무는 남에게 덤터기 씌우려 한다.

꽃은 꽃다워야 꽃이다. 혁명 전선에 꽃들을 앞세우다니 몰염치의 극치 아닌가.

뒤뜰 벚나무도 꽃을 활짝 피웠다. 봄바람에 꽃잎들이 우수수 떨어진다. 잎사귀가 채 돋기도 전에 서둘러 피었다가 어느 날 우수수수 낙화하는 벚꽃을 칼잡이들과 나란히 세워 사무라이 정신이 이러쿵저러쿵하다니 기가 막힌다.

피는 꽃은 피는 꽃대로 아름답고, 지는 꽃은 지는 꽃대로 어여쁘다.

사람도 순리를 따르면 그 삶과 죽음 또한 아름다우리라.

3

인생
이야기

알쏭달쏭 카페 이야기

수다는 역시 프랑스어로 떨어야 제격이다. 영어로 수다 부리면 힙합처럼 산란하기만 하다. 그러나 프랑스 사람들 수다는 에디트 피아프의 샹송처럼 달콤하고 환상적이다.

둘째 사위가 프랑스인이지만 수다쟁이는 아니다. 혹시 고향 친구들과 어울리면 달라지는가는 몰라도 가족 모임에서는 오히려 과묵한 편이다. 대신에 손자는 못 말리는 수다쟁이다.

터득한 영어 어휘라야 고작 이삼백이 될까 말까인데 재잘거리기 시작하면 끝도 한도 없다.

손자가 다녀가고 나면 삭신이 쑤시고 골머리마저 뻐근하고 정신까지 사납다. 럭비공마냥 언제 어디로 튈지 몰라 녀석한테서 한시도 눈을 떼지 못한다. 걸핏하면 계단 오르내리기를 하자고 떼를 쓰며 손을 잡아끈다. 자의 반 타의 반으로 따라다니다 보면 온몸이 멀쩡할 리 없다. 게다가 수다를 떨기 시작하면 얼이 얼얼

해진다. 언젠가는 하도 귀찮아 장난기로 "C'est marre(이제 그만)" 하고 한 방 먹였더니 "Are you ok?(괜찮아?)"라며 되묻는 투가 꼭 할아비 머리가 잘못된 것 아닌가 놀라는 눈치였다.

스포츠 채널 자동차 경주에 눈길을 붙박고 온정신을 쏟고 있는 사위에게 한마디 던졌다.

"여보게, 아이에게 프랑스어 좀 가르치지 그래."

"왜요? 급할 게 없잖아요."

사위가 시답잖게 대답하고는 텔레비전 화면으로 고개를 돌리더니 돌부처가 되어 버렸다.

'영어로 지껄이기보다야 프랑스말로 수다 떨어야 훨씬 듣기가 좋지.'라고 한마디 더 하고 싶었지만 꾹 참았다.

프랑스 파리에 몇 년 사는 동안 번질나게 드나들던 카페가 있었다. 마들렌느 9가에 있었는데 상호가 알쏭달쏭하다. 반세기도 전 훈련소에서 엉겁결에 목에 걸었던 천만 단위 군번은 이날 이때까지 잘도 기억하면서, 겨우 사십 년도 지나지 않았는데 참새 방앗간 드나들 듯하던 카페 이름이 이리도 감감하다니, 혹시나 싶어 은근히 걱정이 된다.

여하튼 발음도 그럴싸하니 아예 '알쏭달쏭 카페'라 해 두자.

알쏭달쏭 카페에서 우리 동이건아東夷健兒들은 인기 절정이었다. 종업원이 남녀 합해 예닐곱 명 정도였는데 우리가 카페 주변을 얼씬만 거려도 모두들 손을 흔들고 환호성까지 지르며 반가워

했다. 한잔 하고 가라는 꼬드김이었을 테지만 에트랑제의 어깨에 힘을 실어 주기에는 충분했다. 요즈음 새파란 연예인들처럼 꽃미남들도 아니고, 그렇다고 가창력이나 춤사위를 선보인 적도 없는데 그만한 인기를 누리다니, 생각해 보면 일생일대의 호시절이 아니었나 싶다.

프랑스인들은 토론을 참 좋아한다. 텔레비전에서도 대담 프로의 인기가 단연 높다. 요새는 어떤지 모르지만 당시만 해도 파리에서 요란뻑적지근한 연예 프로나 쇼 프로를 본 적이 한 번도 없었다. 주말에도 대담 프로가 아니면 흘러간 옛 영화를 보여 주기일쑤였다.

알쏭달쏭 카페 손님들도 맥주 한 잔을 시켜 놓고 한두 시간씩 수다를 떨었다. 그렇다고 카페에서 쫓겨나는 불상사는 절대로 없었다.

프랑스인들은 손가락을 꼽으며 대화하는 버릇이 있다. 손가락을 하나하나 꼽아 'un(첫째), deux(둘째) trois(셋째)' 순서를 매기며 수다 떨다 보면 열 손가락도 모자라 내로라하는 수다꾼들은 신발 양말까지 벗어던진다는 우스갯소리가 있다.

한국의 건아들은 달랐다. 천천히 마시려고 아무리 기를 써도 맥주잔을 테이블 위에 이삼 분 이상 놔두지 못했다. 잡담이 길어지면 "자, 사설 접고 잔이나 들자." 하다 보면 한 시간도 채 안 돼 각자 열두 잔은 식은 죽 먹기였다. 조의선인阜衣仙人의 검술이

제아무리 고수였다 해도 우리들 술잔 움직임처럼 현란했을까.

알쏭달쏭 카페 종업원들은 매상에는 별로 관심이 없었다. 그러니 대여섯 명이 서너 시간 카운터를 점령하고 병아리 접싯물 마시듯 술잔을 핥으며 잔소리를 늘어놔도 싫어하거나 말리기는커녕 이러쿵저러쿵해 가며 말참견까지 했다. 그들의 관심은 오직 제 주머니에 챙길 팁과 귀가 시간이었다. 단위 시간당 팁의 생산성을 감안하면 우리들 같은 속사포 모주꾼들의 인기를 누가 감히 넘볼 수 있었으랴. 그야말로 인기 탱천이었다.

참새는 방앗간에서 인기가 별로 없다. 말만 많은 게 아니라 쉴 새 없이 낱알을 쪼아 대며 채신머리없이 오두방정을 떨어 대니 누가 좋다 할까. 프랑스인들은 수다스럽지만 설레발은 치지 않는다. 여유를 즐길 줄 알고, 멋을 부릴 줄 알고, 예술에 탐닉할 줄 알고, 철학을 논할 줄 안다. 여느 참새들하고는 격이 달라도 한참 다르다.

말도 많고 탈도 많은 세상이다. 뜬소문이 뜬소문을 낳고, 헛소문이 헛소문을 낳는다.

찌라시가 추풍낙엽처럼 난무한다. 사이버 공간 누리꾼들뿐만 아니라 제도권 언론 매체들마저 끼어들어 덩실덩실 춤추며 덩달아 여론 부추기기에 혈안이다.

라이너 마리아 릴케의 〈신神 이야기〉에서 읽었던가, 짐짓 딴전만 피우고 있는 창조주의 양손처럼 왼손과 오른손이 서로 네 탓이요 내 덕이요 삿대질로 시시비비를 따지며 다툰다.

　아무리 눈을 씻고 봐도 내 탈은 오간 데 없고 온통 네 탈, 수염 탈뿐이다.

　알쏭달쏭 카페에서 호기 부리던 한국 건아들은 지금 다 어디서 어떻게 지내려나. 점령군들처럼 카운터를 점거하고 손가락 발가락 꼽으며 몇 시간씩 인생과 사랑이 이러쿵저러쿵, 사르트르와 보바르가 어쩌고저쩌고, 실존이 이렇고 허무가 저렇다 침 튀겨 가며 입방아 찧던 프랑스 술꾼들은 지금도 여전하려나.

　불현듯 그들이 그리워진다.

포도밭에서 만난 노부부

테메큘라 밸리Temecula Valley를 산중턱까지 점령한 포도밭에는 여름 햇살이 눌러앉아 눈요기하느라 넋을 놓고 있었다. 속살이 통통 오른 포도송이들이 손바닥 같은 잎사귀로 앞가슴을 가리며 수줍은 척해 대는 작태가 꽤나 앙큼스러웠다. 터질 듯 말 듯 한껏 무르익어 농염한 포도 송이송이마다 진득한 단내가 풍겼다.

가벼운 옷차림으로 앞장서 입장하는 관광객들을 뒤따라 와인 어리 경내로 들어섰다.

군데군데 그늘진 테이블에 앉아 포도주를 시음하는 손님들, 한 가로이 오가며 기웃거리는 사람들, 간이 의자에 기대앉아 햇살을 즐기며 담소하는 방문객들, 모두들 실타래마냥 엉켜만 가는 세상 사는 영영 잊은 듯 보였다.

중부에서 왔다는 노부부를 만났다. 캔자스Kansas 주에서 대단 위 밀밭을 경작한다는 농부인데 기후 탓에 금년 농사를 쫄딱 망해 그 뒷감당을 자식들에게 떠맡기고 떠났노라 했다.

화마가 한바탕 휩쓸고 간 들녘처럼 황량한 현장에 빌붙어 있어 봤자 할 일이 없어 훌훌 털고 떠나왔다는 두 분은 의외로 쾌활해 보였다. 노인장에게 위로의 말을 전했다.

"이상 기온 탓이군요. 참 안됐습니다."

"혜택이 있으면 재해도 있는 게 자연의 섭리지요. 일희일노할 일이 못됩니다."

노인장이 담담하게 대꾸했다.

금년도 캘리포니아 포도 농사는 유례없는 풍작이라고 한다. 예년에 비해 수확량이 3,4십 퍼센트나 웃돌 것이라니 그런 말이 나옴직도 하다.

동부에서 대륙을 횡단하며 중부를 거쳐 서부 평야까지 이르는 드넓은 농토의 바다, 그 광활한 곡창지대에서는 일껏 가꾼 작물들이 들불에 그슬리듯 타들어 간다는데, 이곳에서는 오히려 가뭄과 혹서 덕에 풍년을 구가하다니 그야말로 희비쌍곡선이 아닌가.

우리 부부가 연례행사처럼 찾는 신선농원에서 이메일이 왔다. 9월 1일부터 대추밭을 개방한다는 전언이었다. 금년 대추 농사가 잘되어 대추알이 실하고 단맛도 깊다며 시간을 내어 다녀가라는 안내였다. 소탈하고 친절한 주인장 부부의 환한 미소가 눈에 선하다.

풍작이 포도나 대추뿐만이 아니다. 오렌지, 사과, 아보카도 등

대부분의 유실수에도 나뭇가지가 휘어지도록 주렁주렁 열매가 열리고 품질 또한 최상이라고 한다.

세계의 농산물 작황을 걱정하는 TV뉴스가 방영되었다. 미국에서는 50년 만에 겪는 최악의 가뭄으로 농산물 가격이 사상 최고치를 기록했고, 밀 생산량이 급감하여 현지 가격이 전년 대비 50% 가까이 급등했다는 보도였다. 동서 유럽이나 아세안 등 지구촌의 다른 지역의 작황도 엉망이어서 1억 명 이상이 굶주렸던 2007년과 2008년의 식량 사정보다 더 심각할 것이라는 전망을 내놓았다.

문명은 쾌속정보다 빠르게 발달한다는데 어쩐 일일까. 문명도가 높은 나라일수록 국민의 행복 지수는 낮다. 매해 발표되는 행복지수 통계에 의하면 도미니카, 콜롬비아, 쿠바, 과테말라 등 중남미 국가들이 선두권을 차지하고 미국은 100위 안에도 들지 못한다니 문명이 곧 행복의 길을 열어 주는 만능 열쇠는 못 되는가 보다.

아는 것도 병이라던데 현대 문명의 총아 최첨단 광학 기구를 들이대고 세상사를 손금 보듯 살필 수 있어 더더욱 상대적 박탈감으로부터 자유롭지 못한 것이 아닐까.

사람들은 걸핏하면 천도天道가 무심無心타 하지만 따지고 보면 개탄할 일도 못 되는 듯싶다. 자연현상이 변화무쌍하다며 고개를 설레설레 젓기도 하지만 자연이야말로 무변의 궤도를 따라 정해진 질서와 수순을 밟으며 당당하게 제 갈 길을 가고 있지 않는가.

그것이 곧 천도일 게다. 자연의 혜택과 재해는 자연의 섭리일 뿐이라던 캔자스의 노부부, 그들은 심오한 천의天意를 터득했음이 분명하다 싶다.

양파

겉껍질도

속살도 아닌

겹겹이 살피마다

깔매운 소 누가 묻었나

속속곳 벗기려다

눈물짓는 님

어쩌라고

엊그제

오늘은 12월 1일이다. 육십 고개를 넘고서부터 매년 이 날만 되면 한 장 달랑 남아 궁상떠는 달력을 바라보며 '그래, 또 한 해가 지는구나.'라는 탄성을 버릇처럼 뱉는다.

바로 엊그제가 설날이었던 것 같은데 어느새 연말이 코앞이다.

사람들은 설날 가래떡 썰 듯 광음을 칼질해 초, 분, 시간 단위로 토막 쳐 세월 잣대로 정하고, 한탄강에 보狀 쌓듯 날, 달, 철, 해로 나누어 세월 단위로 인식한다. 그리고는 나이 들어 가면서 한두 해 전 일뿐만 아니라 코흘리개 시절까지 뭉뚱그려 뚱딴지같이 '엊그제 같다'며 종잡을 수 없는 말을 한다.

동년배임에도 불구하고 어떤 사람은 '아니 벌써!'라며 눈을 동그랗게 뜨고, 또 어떤 이는 '아직도?'라며 느긋해한다. 그리고 보면 세월의 길고 짧음은 지극히 자의적인 설정 수치가 아닌가 싶다. 행복한 하루는 촌음 같고, 불행한 하루는 석 달 열흘 같다지 않는가. 그래서 저마다 처지에 따라 세월의 빠름도 느림도 상이할 수밖에 없을 것이다.

어쩌면 시간이나 세월이란 개념 자체가 허구일지 모른다. 사람이 태어나 밀봉 교육 받듯 반복적으로 세뇌를 당하지 않는다면 과연 시간 개념이란 것이 떼어 낼 수 없는 혹처럼 뇌리에 붙박일 수나 있을까. 갓 태어난 영아를 문명과 단절된 원시에서 원숭이나 늑대에게 위탁하여 기른다면 그에게도 동일한 세월 인식이 가능할까.

지난 추수 감사절 연휴에 아내와 함께 데스밸리를 다녀왔다. 비숍에서 볼일을 보고 돌아오는 길에 데스밸리를 종단해 라스베이거스를 경유하는 노정으로 대략 천마일은 넘는 코스였다. 데스밸리 도처에는 아득한 광음이 풍설風屑로 퇴적해 고스란히 쌓여 있었다.

그곳 어디에도 세월이 흐르고 있으리라는 암시도 징조도 없었다.

특히 해수면보다 300여 피트나 낮다는 악수 분지惡水盆地에는 소금성에 가시가 세월을 잊은 채 침묵하고 있었다. 인근 악마의 골프 코스 여기저기에는 땀구멍 같은 세월 동공들이 까마득한 예로부터 숨고르기를 멈추고 있었다.

한 달 지나면 또다시 새해를 맞는다. 오는 해는 어디에서 오고 가는 해는 어디로 가는 걸까. 해마다 반복되는 춘하추동은 전혀 새로운 사계일까. 풍상에 낡고 헐어 헐거워진 쳇바퀴가 삐거덕삐거덕 소리 지르며 돌고 도는 것은 아닐까.

세월여류歲月如流라던데 정녕 우리는 세월에 몸을 맡긴 채 세월과 더불어 하염없이 흘러가는 걸까. 그게 아니면 세월이 우리 곁을 무심히 흘러가는 것일까.

어쩌면 세월이 흐른다는 발상도 부질없는 망상일지 모른다. 고임도 흐름도 없고 실체마저 없는 무시무종無始無終이 세월일지 모른다.

앎[知] 걸린 여인 장구춤을 춘다
소맷자락 튕겨 내고
어깻죽지 들썩
일一
시始
무無
시始
일一

앎[知] 앓는 여인 하늘 춤을 춘다
한울 아홉 바퀴씩
여든한 발짝

일一
종終
무無
종終
일一

　밤이 깊어 간다. 크리스마스 단장이 한창이다. 색색이 전구들이 찬바람에 으스스 몸서리치며 점멸한다. 간간히 들려오는 크리스마스 캐럴이 즐겁기보다는 차라리 겨울바람에 떨며 읍소하는 낙엽 소리 같아 애잔하고 스산하다.

　한때 동무들과 몰려다니며 밤 서리 콩 서리로 시간 가는 줄 모르고 쏘다니던 철없던 시절도, 이맘때면 친구들과 통행금지 시간에 쫓기면서 명동 거리 대폿집과 음악실을 헤집고 다니던 호기롭던 학창 시절도, 그녀를 만나 가정을 꾸리고 자식들 낳아 기르며 아옹다옹 살아온 숱한 나날도, 조국을 떠나며 친지들과 헤어지던 한여름의 무더웠던 기억도 다 엊그제 같은데 벌써 한 해가 꼬리를 감추려 한다.

　마흔다섯 해 전 크리스마스 이른 아침에 대연각 화재로 먼저 떠난 죽마고우가 있었다.

　그가 결혼식을 치르고 일주일 만이었다. 휴일 당번 근무를 위해 출근한 지 삼십 분도 지나지 않아 화재가 발생했다. 또래들과 어울려 명동 거리를 팔자걸음으로 활보하던 그가 우리들 곁을 떠난 지 햇수로 사십오 년째다. 매해 이맘때만 되면 고우의 자신만만하던 모습도, 정겨웠던 목소리도 바로 엊그제같이 생생하게 되살아난다.

세월은 흐르는 걸까. 세월유수歲月流水가 맞는다면, 그럼 하류로, 하류로 순류順流하는 걸까. 또는 상류로, 상류로 역류逆流하는 걸까. 이도 저도 아니면 혹시 태양 주위를 맴도는 지구처럼 큼직하게 타원 궤도를 그리며 회류回流하는 걸까.

모를 일이다.

테네시 왈츠와 2불짜리 지폐

패티 페이지의 노래는 언제 들어도 감미롭다. 나는 그녀의 〈Moon River〉나 〈Changing Partners〉보다는 〈Tennessee Waltz〉를 더 좋아한다. 그녀의 테네시 왈츠를 듣고 있노라면 그 서글픈 사연에도 불구하고 잘 영근 사탕수수를 씹고 난 것처럼 달착지근한 뒷맛이 남는다. 소니 롤린스Sonny Rollins의 테너색소폰 연주로 〈테네시 왈츠〉를 들으면 더더욱 좋다.

그가 색소폰을 여인 다루듯 부드럽게 애무하면서 온몸으로 〈테네시 왈츠〉를 연주하면 노랫말이 봄 나비처럼 살아나 너울대는 것 같다.

이십삼사 년 전, 맨해튼 재즈 클럽에서 소니 롤린스의 연주를 감상할 기회가 있었다.

뉴욕에 사는 친구의 초대를 받고 소니 롤린스의 연주회를 보기 위해 서울서부터 날아갔다. 우람한 덩치에 붉은 셔츠를 헐렁하게 걸치고 짙은 수염이 유별나던 그의 색소폰 연주곡 중에서 〈테네시 왈츠〉가 가장 인상 깊었다. 혼신의 힘으로 무대를 압도하는 소니의 연주는 신기에 가까웠다.

오늘 피오 피코Pio Pico 도서관에서 열린 헌책 판매 행사장에서 무라카미 하루키의 《또 하나의 재즈 에세이》를 손에 넣었다. 집에 도착하자마자 서둘러 소니 롤린스의 페이지를 찾아 펼쳤더니 2불짜리 신권 석 장이 깨어나 빤히 나를 쳐다보았다. 소장하던 사람이 책갈피에 보관하다가 깜빡 잊은 채 팔거나 기증했으리라.

시중에서 2불짜리 지폐는 거의 유통되지 않는다. 사람들이 행운의 부적이라 믿어 웬만하면 사용하려 들지 않기 때문일 것이다.

2불짜리 지폐에는 미국의 제3대 대통령인 제퍼슨의 초상이 들어 있다. 제퍼슨 대통령이 1,500만 달러를 들여 나폴레옹으로부터 루이지애나 주를 사 들이면서 대륙의 동서를 잇는 해상 항로가 열리고, 그로 인해서 서부 개척 시대가 열리기 시작했다고 한다.

비록 한반도의 절반 정도에 지나지 않는 루이지애나이지만 이 업적 하나만으로도 그는 워싱턴대통령에 버금가는 존경을 받는다. 어쩌면 그로 인해서 2불짜리 지폐가 행운의 상징이 되었을지도 모른다.

우연히 손에 들어온 2불짜리 지폐 석 장이 깊이 잠들었던 옛 기억을 들깨운다.

맨해튼 연주 현장에서 소니 롤린스의 테너색소폰 연주를 함께 듣던 친구, 이민 떠나오기 전까지만 해도 이런저런 일로 해서 일

년에 서너 차례 만나 함께 재즈 클럽을 찾곤 했었는데 막상 내가 미국으로 삶터를 옮기고 얼마 지나지 않아 연락이 두절되었다. 소니 롤린스의 〈테네시 왈츠〉 연주를 들으며 희희낙락하던 그 자리가 이별의 장이 될 줄이야.

연락이 끊긴 지 어언 20년이 가깝다. 어느 날인가, 영업장에 떼도둑이 들어 상품을 몽땅 털렸노라 전화 한 통화 남기고 영영 잠적해 버렸다. 세월이 많이 흘렀다. 처음 얼마 동안은 문득문득 안부가 궁금했지만 정신없이 살다 보니 어느새 까맣게 잊고 지냈다.

그를 생각하면 맨해튼의 소호Soho 거리도 떠오른다. 지금은 식당이나 기념품 또는 옷 가게 등 여타 업종이 주류를 이루고 있지만 당시만 해도 크고 작은 화랑들이 길거리에 즐비했었다. 그 번잡하고 생기 넘치던 갤러리 거리를 쏘다니며 좀 저렴하다 싶은 그림이나 괜찮아 보이는 판화 몇 점을 사 들고 파스타 식당 창가에 앉아 노닥거리던 시절, 우리는 행복했다.

소니 롤린스가 몇 년 전에 노익장을 과시하며 연주했다는 〈테네시 왈츠〉 멜로디가 구성지게 울려 퍼진다. 오늘 에세이집 갈피에 실려 내 손에 들어온 2불짜리 신권 석 장은 소니 롤린스가 마음먹고 내게 띄워 준 행운의 엽서일지도 모른다. 소위 롤린스 리듬Rollins Rhythm으로 잘 알려진 그의 호쾌하고 변화무쌍한 테너색소폰이 "조금만 참고 기다리면 그 때 그 친구를 만나게 해주마."라고 속삭이는 듯싶다.

괜찮다면

오랜 가뭄 끝에 요 며칠 새 흠뻑 내린 겨울비가 개고 나니 만물이 생기를 되찾는다.

며칠 전까지만 해도 볼품없이 시들어 가던 옆집 목련 나뭇가지 여기저기 붓털 같은 꽃망울이 돋아나고 몇 놈은 어느새 여리고 하얀 속니齒를 드러내며 환하게 웃는다.

어디선가 개구리 울음이 들린다. 개구리 소리를 잊은 지가 언젠데, 비록 단조로운 울음이지만 반갑기 그지없다.

엊그제까지 가로수 맨 끝 가지에 잠복해 보루를 사수하던 자카란다꽃 한 뭉텅이가 최후의 전사들처럼 산화하여 보도 위에 나뒹군다. 좁쌀만 한 개미 열댓 놈이 문상이라도 하듯 연보라색 주검 주위를 맴돈다. 보도블록 틈새를 비집고 나와 궁상떠는 씀바귀도 철 늦게 샛노란 꽃을 피우고 대견하다는 듯 싱글댄다. 무슨 미련이 아직 남았을까, 차마 떠나지 못한 비구름 몇 자락이 서녘 하늘에서 미적거린다.

마치 겨울 속 봄날 같다.

콩팥 제거 수술을 받은 아랫배 부위 속살이 여진餘震에 떨듯 꼼지락대더니 짧은 순간 전류가 흐르듯 가벼운 통증이 찌르르하고 몸속을 관통한다. 슬슬 잊혀져 가는 상처 부위가 비 온 뒤 목련처럼 '내가 여기 있소'라며 존재감을 과시하려는 시위가 아닐까.

이미 오랫동안 친숙해진 그 떨림과 아픔이 낯설지 않아 별로 싫은 줄 모르겠다. 그건 이 노구의 체내에서 간헐적으로 일어나는 바이오리듬이나 마찬가지일 테니 말이다.

호주머니 속에서 스마트폰이 허벅지를 간질인다. 천천히 꺼내 보니 둘째 딸에게서 메시지가 들어와 있다. 이번 크리스마스 연휴를 자기네 집에서 함께 보내잔다. 그렇잖아도 개구쟁이 손자와 새침데기 손녀가 보고 싶었는데 썩 잘된 일이 아닌가.

반가운 마음에 "물론이지."라고 찍었다가 마치 손주들이 보고 싶어 걸신들렸다 흉잡힐 것 같아 얼른 지우고 "괜찮다면."이라고 문자를 고친 후 발신 버튼을 누른다.

이 나이에 들어 피붙이에게까지 속내를 숨기며 같잖게 알량한 체면을 차리려 들다니, 어처구니가 없어 절로 실소가 터진다. 혹시 행인들 눈에 실성한 노인네로 비칠까 싶어 주위를 살피다니 그 짓마저 우세스러워 멋쩍다.

스스로 생각해 보아도 참 치졸하기 그지없다. 고향 떠나 낯설고

물 설은 이역에 빌붙어 살면서까지 남의 시선을 의식하며 체면치 레를 하려 들다니 이 무슨 주책이란 말인가.

체면은 자존과는 사뭇 다르다. 비굴하지 않고 스스로 품위를 지키려는 자존심과 체면이 같을 수는 없다. 남을 대함에 있어 떳 떳한 도리나 얼굴을 체면이라고 하지 않는가.

체면은 타인과의 관계에서 생기는 의타적 허례가 아닐까. 그에 비해 자존은 자경自敬이라고도 하듯이 자기 인격성의 절대적 가치 와 존엄을 깨닫는 도덕적 동기의 뿌리로 이를테면 자의적 지각知 覺이 아닌가.

체면은 스스로를 얽매고 옥죄는 오랏줄이다. 체면의 굴레에서 자유롭지 못하면서 남들과의 소통이 원활하기를 기대할 수 없다. 체면치레를 잘 못하면 그게 바로 사단이 되고 심하면 다툼이 생긴 다. 오죽해야 체면이 사람 죽인다 할까.

영어로 체면은 안면 즉 face이다. 'save face.' 하면 '체면을 세 우다'가 되고, '체면이 깎이다'는 'lose face'라 한다. 그렇다면 서 양인에 비해 한문 문화권에서 체면을 훨씬 더 끔찍하게 여기나 보다. 그렇지 않고서야 '안면顔面'이라 하지 않고 구태여 '체면體面' 이라 할 리가 없지 않은가. 그래서 얼굴과 가슴은 물론 여차하면 멀쩡한 사지나 몸통에까지 칼을 대 아픔을 각오하고 성형하는 게 아닐까.

인터넷 신문에서 읽었다. 사람들이 동네 슈퍼마켓 드나들 듯 성형외과 병원을 찾는다던데 그 이유가 바로 체면 때문이 아닐까 뚱딴지같은 생각을 해 본다.

바야흐로 노출 시대이며 자기과시의 시대다. 이왕지사 칼날을 대기 시작한 거, 까짓 손톱 발톱까지 예쁘고 멋지게 개비한다고 해서 이상할 것도 없지 않은가.

자신을 초옹樵翁이라고 밝힌 어느 문인의 글에서 읽었다. "생긴 대로, 세월 가는 대로, 나잇값에 걸맞게 살며" 이승 떠날 때까지 아름다운 자연과 더불어 유유자적하리라 했다. 속세를 떠나 아무런 속박도 없이 조용하고 안온하게 살면서 그까짓 안면이든 체면이든 무슨 대수랴.

하늘에서 꿈지럭대던 먹구름자락도 어느새 자취를 감추고 새파란 하늘가에 보풀은 솜 같은 하얀 뭉게구름이 여유롭다. 겨울비가 그치고 나니 잡다한 세상사로 이리저리 꼬이고 탁해졌던 마음도 한결 맑고 가벼워진다.

딸에게서 답신이 들어왔다.

"저야 좋지요. 아빠만 괜찮으시다면."

사무엘 비뇨기과 병원

움츠리고 들어섰다가
어깨 활짝 펴고 나오는 문
신장암 수술 후 석 달에 한 번
낯간지러이 병원 문턱 넘어서면
천지창조 한 장면 벽면 가득 펼쳐진다

우람하고 미끈한 벌거숭이 아담
모로 드러누워 무얼 달라 손짓할까
창조주 향해 내민 팔 힘겨워 보이는데
죽은 듯 쪼그라든 뿌리가
골빈 꼴뚜기 같다

그래도 칠십억 꽃송이 피운 뿌리라던데
뉘라서 볼품없다 흉잡을 수 있으랴
기죽어 주춤주춤 들어갔다가
가슴 펴고 슬몃 웃으며 나오는
사무엘 비뇨기과 병원

나이를 헛먹다

‘나잇값’과 ‘꼴값’은 비아냥조가 짙고 값어치가 처지는 낱말이다. 그래서 ‘나잇값도 못 한다.’며 손가락질을 하던가, ‘꼴값 떨고 있네.’라며 야유도 한다.

‘꼴’이란 단어에는 원래 ’속되다’라는 뜻이 함축되어 있으니 ‘꼴값’이 수모를 좀 당한다 해도 억울할 것이 별로 없다. 하지만 ‘나이’에게 무슨 잘못이 있다고 꽁무니에 ‘값’이란 꼬리표를 매달아 ‘나잇값’을 놓고 이러쿵저러쿵 한단 말인가.

‘나잇값’이란 단어를 설령 좋은 의미로 사용해도 적극적인 칭찬은 못 된다. ‘나잇값 하네.’라는 말은 적극적 표현이기보다는 ‘제법’또는 ‘뜻밖에’라는 조건적, 소극적 겉치레 칭찬일 경우가 대부분이다.

청춘이니까 아픈 것이 당연하고, 중년이니까 아무리 아파도 울지 못한다고 한다. 그렇다면 노인이니까 아픈 내색도 못 하고 신음을 뼛속 깊이 갈무리하고 몸살차살이나 하다가 때 이르면 말없이 떠나야 하나. 청춘 나잇값은 금값이고, 중년 나잇값은 은값이고, 노년 나잇값은 동값도 못 되고 똥값이란 뜻인가.

영국의 낭만파 시인 조지 고던 바이런이 서른세 번째 생일에 단시短詩를 남겼다.

어둡고 지저분하고 따분한 인생길 걸어
서른셋 이 나이에 이르렀건만
내게 남은 건 무엇인가
서른셋, 나이뿐일세

서른셋 나이에 문명文名으로도 혁명 전사로도 그 이름을 떨치고, 내로라하는 귀부인들과 숱한 염문을 뿌리던 한창나이에 무슨 여한이 그리도 많았을까. 혹시 선견지명이라도 있어 죽음의 그림자라도 읽었단 말인가. 그래서 3년 후, 서른여섯 나이에 홀연히 세상을 떠났을까. 아니면 사랑도 명성도 한갓 물거품이라는 깨달음이었을까.

남아 이십에 미평국未平國하면 대장부가 아니라 호기 부리던 남이 장군도 스물일곱 나이에 사형장의 원혼이 되었다. 두 사람 다 일찍 갔지만 나잇값으로 치면 아무나 넘볼 수도 없는 상한가가 아닌가. 그러니 나이와 나잇값이 비례한다고 볼 수 없다.

은퇴 후, 마누라의 고집을 꺾지 못해 깊고 깊은 산속, 7에이커가 넘는 대지에 방 여섯 개를 들인 저택을 짓고 우물물 마셔 가면서 단 둘이 살고 있는 친구가 있다.

퀘이커Quaker나 아미쉬Amish 교도도 아니면서 하루에 두 끼, 그것도 텃밭에서 가꾼 소채류에 콩가루나 쌀가루를 곁들여 소식한단다. 생일이나 크리스마스 같은 특별한 날엔 기껏해야 고구마나 감자 몇 알을 삶아 특식처럼 호식한다니, 대단하다 칭찬해야 하나, 아니면 꼴값한다고 흉보아야 하나. 게다가 사는 곳이 경관이라도 빼어나면 신선놀음한다고 부러울 테지만 시냇물은커녕 제대로 자란 나무 한두 그루도 보이지 않는 그야말로 허허벌판이다.

술과 담배를 나만큼이나 즐기고, 육류라면 소고기든 양고기든 개고기든 마다 않던 친구인데 딱하다 못해 안쓰러울 지경이다.

지난 주말에 산행을 마치고 친구 집엘 잠시 들렀다. 혼자서 집을 지키고 있었다. 아내는 교회에서 주관하는 봉사활동에 나갔노라 했다. 요즘 사는 재미가 어떠냐고 물었더니 그렁저렁 견디며 산다고 했다.

"그래도 이렇게 살다 보면 100살은 문제없을 거야."

"100살을 살면 뭘 하나. 하루 종일 흘러간 영화나 보면서."

"그러지 말고 여기다 수련원인가, 기도원인가를 차리면 어때? 심심치는 않을 게야. 혹시 아나, 잘 하면 휴 헤프너처럼 노욕을 달랠 수 있는 절호의 찬스라도 생길지."

"제대로 먹기나 해야 노욕인가 나발인가도 생기지, 가당키나 한 소린가."

생각 같아서는 안주인이 돌아올 때까지 함께하고 싶었지만, 괜스레 미적대다가 저녁 식사 준비에 부담스럽고 번거로울 것 같아 서둘러 일어났다. 막 시동을 걸고 떠나려는데 친구가 말했다.

"담배 있으면 몇 개비 주고 가."

"마누라한테 혼나려고."

"걱정 마, 사워하고 양치질하면 감쪽같아."

흙먼지를 일으키며 귀갓길을 서둘렀다. 비포장 도로를 덜커덩 덜커덩 달리다가 생각해 보니 괜히 허튼짓을 했구나 싶었다. 담배 몇 개비를 달라는 친구가 하도 딱해 같잖게 호의를 베푼답시고 한 갑을 통째로 주고 왔으니 말이다. 이러니 걸핏하면 "나잇값도 못 한다."고 마누라한테 핀잔을 받는가 보다.

"나이를 헛먹었군."

산등성이에서 뉘엿대던 해가 들으라는 듯 종알거리는 것 같았다.

반半 처남 생각

캘리포니아의 겨울비는 수다쟁이다. 무슨 이야깃거리가 그렇게도 많은지 밤을 지새워 가며 주절대는 잔사설에 깊은 잠에 들었던 기억들이 굼실굼실 깨어난다.

장맛비가 기승부리며 막바지로 치닫던 여름, 샛노란 이등병 작대기 하나 달랑 달고 논산 훈련소에서 춘천 보충대를 거쳐 최전방 전투 사단으로 발령받았다. 당시만 해도 연줄이나 돈깨나 있어 배경이 탄탄한 집 자제들은 거개가 카추샤나 후방 부대로 빠지고 나처럼 미련퉁이거나 가난하고 인맥도 없는 훈련병들만 전방으로 밀려나던 시절이었다.

모 정보기관에 근무하던 친구 외삼촌이 후방으로 발령시켜 주겠다는 각별한 호의마저 "운명에 따를 뿐입니다." 하고 큰소리치며 거절했다. 결국 자청해 고된 군대 생활을 마쳤지만 지금까지 그 선택을 쾌인쾌사快人快事였노라 우쭐대며 살아가고 있다.

장대비가 퍼붓던 날, 강원도 화천 지구 첩첩산중 산발치 막사에서 그를 처음 만났다.

인사계 구具 일병, 내가 전입하던 날 그에게 혹독한 신고식을 치러야만 했다. 비록 계급이 작대기 두 개에 불과하지만 후방에 비해 진급이 턱없이 늦던 최전방 야전군 병참 중대 인사계 구 일병의 보직에 따른 위상과 영향력은 실로 막강했다.

훈련소에서 보충대를 거쳐 근무지로 배속되는 병사들에게 전입 신고는 본격적인 군대 생활에 입문하는 첫 관문이었다. 소위 대학 물을 먹고 전방으로 밀려나는 고학력 신병들은 보다 강도 높은 신고식을 치러야만 했다. 일종의 살위봉殺威棒이라고 할 수 있다. 나 역시 학부 출신의 자유분방하고 썩어 빠진 정신 상태까지 깡그리 뜯어고치고야 말겠다며 불문율을 휘둘러 대는 구 일병에게 혹독하게 치도곤을 당했다. 군기잡기 기합으로 맺은 인연이었다.

장마가 걷히고 찜통더위가 계속되다 보니 상처 부위가 제대로 아물 수 없었다. 한동안 궁둥이를 뒤로 빼고 어기적어기적 영내를 오가는 나를 볼 때마다 고참병들이 웃으면서 "몹쓸 화류병花柳病이라도 걸렸냐?"며 짓궂게 놀려 댔다.

그때만 해도 최전방 중대 단위에는 학부 출신이라고 해야 고작 두세 명 정도였으니 일종의 동류의식이 발동하였음인가, 그 후로 구 일병과 나는 급속히 친해져 신참 시절 든든한 방패막이가 되어 주었을 뿐만 아니라, 예쁘고 착한 여동생을 소개하겠노라 언약한 후 우리는 공공연히 처남 매부로 행세하며 지냈다.

밤비가 내린다. 가뭄에 허덕이던 산야가 곧 생기를 되찾으리라. 그러나 세월이 갈수록 인정은 메마르고 세상은 너무 삭막해지는 것 같다.

민주화의 역설인가, 인권화의 부작용인가, 학교나 직장에서는 물론 사회나 군대에서까지도 성균관 개구리마냥 움츠리고 자나 깨나 입조심, 앉으나 서나 손 조심하지 않으면 망신살이 뻗치는 수가 있다. 잘못해도 '옹야 너 참 잘했구나!' 웃음으로, 기특해도 마음속으로 '너 정말 귀엽구나!' 닭 쳐다보듯, 예뻐도 '그래 너 진짜 잘났구나!' 묵비찬사默秘讚辭로, 그렇게 처신하지 않으면 잘해야 벌금이요, 재수 나쁘면 감방 신세를 면할 수 없는 세상이다.

매 끝에 정이 든다 했다. 내가 평생 마음에 참스승으로 모시는 은사님은 선도의 채찍질로 남다른 인연을 맺어 정이 깊어진 분이셨다. 고등학교 시절 수업 중에 〈벌레 먹은 장미〉라는 소설을 몰래 읽다가 손바닥이 해지도록 회초리 체벌을 가했던 선생님은 이미 고인이 되셨다. 이민 떠나오기 전까지만 해도 해마다 찾아뵙곤 했었는데 이제는 기억으로만 살아 계신다.

요즈음 같았으면 선생님이나 구 일병은 하나같이 철천지원수가 되었을 것이다.

존댓말 쓰기가 계면쩍을 뿐 아니라 겁나는 세상이다. 여차하면 수구 꼴통에 반동으로 분류되어 인민 재판식 몰이사냥감이 되거나 비겁자로 따돌림 받아야 할 판국이다.

선생님은 그저 '선생' 아니면 '생'이요, 사장님은 잘해야 그냥 '아무개'이고 심하면 '미스터 아무개'나 '그 친구'라고 불러야 겨우 동료로 인정받는 세상이 아닌가.

일국의 대통령을 어린애 부르듯 성까지 제쳐 놓고 생 이름 두 자로 하대치 않거나, 영문 머리글자 두세 자로 약칭하지 않고 '○○○ 대통령님' 또는 '○○○ 대통령 각하'라고 하다가는 마치 간첩이나 외계인 대하듯 삐딱한 눈초리로 쳐다보기 일쑤다. 이런 하대 풍조는 문화계나 종교계라 해서 별로 나을 게 없다. 상대를 낮추는 것이 곧 자기를 높이는 것이라는 전도된 인식일 게다.

교육 공간도 그렇다. 엄격하면서도 훈훈하던 사제동행의 교육 현장이 사라져 간다. 마치 팽팽한 긴장감이 감도는 군사분계선처럼 살벌한 이해상충 현장으로 변하는 것 같다.

동기가 모호하고 방법이 온당치 못한 매질이나 음흉스러운 언사, 또는 엉큼한 손질은 근절되어야 마땅하다. 그렇지만 훈육이나 교도를 위한 체벌이나 인정과 애정의 표현까지 범죄시되어 지탄받고 처벌받아야 하는 당혹스런 현실이 너무나 서글프다.

철없는 학생이 여선생님의 첫 경험을 묻고, 잘못을 질책하는 담임선생님에게 삿대질을 하다못해 멱살까지 잡고 폭력을 휘두른다. 지도와 편달이란 교육자의 입지가 좁아지고 사랑의 매라는 회초리가 제구실을 포기해야 할 형편이 아닌가. 아무리 사회 일각의 미미한 현상에 지나지 않는다지만 결코 하찮다고 안심할 수 없다.

그는 나보다 약 일 년 전에 구 병장으로 군문을 나서 사회로 복귀했다. 나 또한 1·21사태 발생 몇 달 전에 군복을 벗고 복학했다. 구 병장과 내가 처남 매부는 못 되었지만 제대 후에도 여러 해 동안 끈적끈적한 우정을 나누다가 그가 사우디 건설 현장으로 떠난 후 얼마 지나지 않아 연락이 두절되었다.

빗방울이 파초 이파리를 두드리며 세레나데를 연주한다. 동녘 하늘이 희끄무레 물들기 시작한다. 캘리포니아의 전형적인 우기 雨期의 시작이다. 머잖아 바싹 메말라들어 누리끼리한 산과 들이 푸르른 색조를 띠기 시작할 것이다. 그런데 각박하기만 한 인간관계에는 언제쯤 축복의 비가 촉촉이 내려 훗훗한 인성의 싹이 다시 트려나.

구 병장!

전입신고 하던 날, 흠뻑 젖은 생쥐 꼴 신참 이등병을 내무반 시멘트 바닥에 엎드려뻗쳐 시키고 우렁차게 구령까지 붙여 가면서 인연의 매질을 퍼붓던 옛 반# 처남, 그는 지금 어디서 무엇이 되어 어떻게 지내고 있을까.

애틋한 그리움으로 남아 새삼 보고픈 건 세월 탓일까, 비 탓일까.

4

가족
이야기

처남댁과 수필

둘째 처남댁이 애 둘을 낳아 길렀다. 젖먹이가 까닭 모르게 칭얼대거나 보채기라도 하면 장맛 보듯 손가락으로 아기 똥을 찍어 혀끝으로 맛을 보아 가며 증세를 진찰하곤 했다.

그녀의 진단이 빗나가 본 적이 거의 없었다. 그래서일까, 아이들 모두 탈 없이 자라 의젓한 사회인이 되었다.

글, 특히 수필을 읽다 보면 작가의 내면세계를 엿볼 수 있다. 수필이란 작가의 정서적 변便이 아닐까 싶다. 그러니 글을 찍어 맛보면 필자의 속내를 유추할 수 있을 것이다.

좋은 수필은 아무리 맛보아도 느끼하지 않고 상큼하지 않겠나.

이상李箱의 글, 즉 그의 변에는 곰삭다 만 고단위 영양분 결정체가 그대로 남아 있는 것 같다. 내 입맛이 까다로워서인가 수양이 모자라서인가는 몰라도 그의 작품에 혀를 대 보면 속이 거북살스럽다. 짧은 생애 동안 서둘러 사변적 고단백질 지식을 폭식한 변이라서 그런지 맛보기가 버거운 편이다.

고승高僧의 글에서는 은은한 향내가 난다. 심산유곡에서 채취했거나 산자락에서 손수 가꾼 소채를 고르고 아껴 소식하고 깔끔하게 소화시킨 뒷내음일 듯싶다.

경세가의 글은 사리와 뜻이 명쾌할지는 몰라도 답답증을 유발하는 경우가 많다. 양촌 권근(1352~1409)의 응제시가 비록 명문이기는 하나 사대事大로 흘렀고, 제갈량의 출사표가 물 흐르는 듯해도 과욕이 지나치다.

탁주를 동이째 마시고 차향 그윽한 소변을 보기는 어렵다. 삼겹살을 포식하고 꽃향내 상쾌한 대변을 기대할 수는 없다. 심화心火가득한 작자의 수필은 미사여구가 그럴싸해도 섬뜩함이 있다. 탐심에 젖은 화자의 글에서는 구린내가 진동한다. 대충 씹어 다독多讀한 수필가의 문장에서는 지린내가 풍긴다.

오래전에 두 처남과 다섯 동서가 모처럼 부부 동반으로 한 자리에 모였다. 아이들 이야기로 화제가 흘렀다. 그렇지 않아도 진작부터 확인해 보고 싶었던 궁금증이 남아 있어 처남댁에게 조심스럽게 물었다.

"아기 똥 맛이 어떻습디까?"

그녀는 별 싱거운 질문도 다 들어본다는 듯 대수롭지 않게 대답했다.

"그야 물론 향긋하지요."

그 자리에서는 내색하지 못했지만 속으로는 참 별난 여인도 다 있다 싶었다. 그러나 요즘 들어 생각해 보면 처남댁이 옳았다는 생각을 지울 수가 없다. 분유라면 모를까, 사랑이 충만한 엄마의 젖샘으로 영글어 가는 아기 똥이 향기롭지 않을 리가 없다.

마찬가지로, 정선된 양서를 심독하고 정제된 사유 과정을 통해 주제를 구체화하고 의미화한 수필이 향긋할 것은 당연하다.

그러고 보니 처남댁이야말로 훌륭한 수필가였던 것 같다.

날 좀 냅둬유

이달 말쯤 롱비치 카운티로 이사할 예정이다. 신장 제거 수술을 받고 회복 중인 애비가 걱정되었던지 막내딸 부부가 함께 살자며 공터에 게스트하우스를 짓고 있다. 사위는 백년손님이라던데 우리가 말년末年 손님이 되는가 보다.

자식들과 뒤엉켜 사느라 불편이 따르면 그 번거로움은 고스란히 아내의 몫이 될 것만 같아 망설임이 전혀 없지는 않았다. 며칠 동안 아내와 의견을 조율한 끝에 딸과 사위의 제안을 선의로 받아들이기로 합의했다.

그런데 걱정거리가 하나 생겼다. 이곳에는 인근에 넓은 호수를 끼고 있는 괜찮은 공원도 있고, 그 뒤쪽으로는 인적이 거의 끊겨 한적한 야산도 있어 산책 코스로나 사색 코스로 전혀 손색이 없는데 그곳 사정이 어떨까 은근히 걱정되었다.

지난 주말, 아내와 현지에 사전 답사를 다녀왔다. 주소가 롱비치 카운티에 속하지만 막상 항구나 바닷가는 너무 멀었다. 걸어서 20여 분 거리에 제법 넓은 공원이 하나 있기는 한데 관리가 허술해서인지 상태가 엉망이었다. 인터넷으로 지도를 검색해 보니 가까운 곳에 초록으로 'Forest Lawn Memorial Park'라고 표시된 곳이 있어 찾아가 보았다. 넓은 경내를 걸으며 열병식에 도열한 정예군처럼 질서 정연한 묘석들을 들여다보니 1930년대부터 조성되기 시작한 공원묘지였다.

장례를 치른 지 이삼 년차 되는 묘역에는 그나마 간간이 꽃들이 보이지만, 오륙 년 이상 경과된 곳에는 가뭄에 콩 나듯 드문드문 말라비틀어진 꽃 잔해들이 남아 있어 그 옛날 시구문屍口門 밖 참상 같았다. 하물며 삼사십 년대에 들어선 묘지들이야 오죽하랴.

푸르스름한 세월 때가 잔뜩 낀 장지 곁을 지나려니 언뜻 눈에 띄는 묘비명이 있었다. 내가 세상에 태어나던 해에 들어선 무덤이었다. 언제쯤 사람들이 다녀갔을까, 묘비에 푸르무레하게 꼬드라진 이끼가 잔뜩 끼어 덧없는 세월을 말해 주고 있었다. 한 무리 개미들이 묻힌 자를 조상弔喪이라도 하듯 더듬이로 더듬더듬 묘비명을 두드리며 지나가고 있었다.

　　고고성 바락바락 지르며
　　내가 이승에 전입신고 하던 해
　　여기 누운 사람

이끼 낀 묘비 앞에

시든 꽃 한 송이 보이지 않는데

비명으로 들려오는

묘비명

—Leave Me Alone!

혼자 보고 발길 돌리기 아까워

앞선 그녀 볼기 한번

슬쩍했더니

—날 좀 냅둬유

대중없이 던지는

절묘한 대꾸

그 한 마디

무덤들과 눈인사를 나누다가 문득 허망하다는 생각이 들었다. 죽어서까지도 바둑판같이 종횡으로 반듯반듯 열을 맞추어 누워 있는 정연함에서 오는 중압감 때문이리라.

채 십 년도 못 되어 손길 발길마저 끊겨 버리고 꽃 한 송이 놓아

주는 성묘객도 없는 처지에 무엇을 위한 가지런함일까.

'Leave Me Alone(날 좀 냅둬유)'

짤막한 비명碑銘이 비명悲鳴 같아 측은한 마음을 누를 수가 없었다.

열외列外를 사는 사람을 아웃사이더라 하던가. 묘비명으로 미루어 짐작컨대 국외자로 잠시 이승에 머물다 저승으로 떠난 국외자가 미련 없이 훌훌 벗어던진 허물이 누워 있는 곳이 틀림없으리라. 죽은 후에도 열외이고 싶은 바람이 어찌 간절하지 않았겠는가.

필시 아웃사이더의 소박한 소망마저 번거롭고 귀찮아 뒷감당을 맡은 사람들끼리 쑥덕공론한 끝에 '에라 모르겠다.'며 내팽개치듯 공원묘지에다 묻어 버리고 홀가분하게 두 손 털고 떠나 버린 것은 아닐까. 씁쓸한 심사로 무거운 발길을 떼려는데 저만치 혼자 앞서 가는 아내의 뒷모습이 마치 가뭄을 앓고 있는 가을 같아 눈시울이 뜨거워졌다.

까마귀와 손녀

　길 건너 초등학교 후문 가까이 오누이 같은 쌍둥이 유칼립투스 나무가 있다. 비교적 키가 낮고 둥그스름한 자카란다나무들이 가로수여서 별로 우람하지도 않은 유칼립투스가 마치 산문山門 어귀에 턱 버티고 서 있는 천하대장군, 지하여장군처럼 우뚝하다.

　초등학교 식당 쓰레기통에서 고깃덩어리라도 하나 건져 올렸나, 까마귀 대여섯 마리가 장승 같은 나무 밑에서 시끌벅적거렸다. 보아하니 먹이를 다투기보다는 서로 음식을 나누느라 소란을 떠는 것 같았다. 꺾인 다리 하나가 너덜너덜해 동작이 굼뜬 까마귀도 먹이 한 점을 챙겨 열심히 쪼아 먹었다.

　한바탕 먹이 잔치가 끝나자 까마귀들이 하나 둘씩 유칼립투스 가지에 올라앉아 성치 못한 다리로 바둥거리는 까마귀를 안타깝게 내려다보며 "까악, 까악" 짖어 대는 것이 흡사 '힘내, 힘내'라며 용기를 북돋는 듯싶었다. 외짝발로 깨금발 뛰느라 기를 쓰며 날갯짓하던 까마귀가 가까스로 공중으로 날아올라 동료들 곁에 안착했다. 모두들 "까악, 까악" 환호성을 질렀다. 비록 다리 한 짝이 꺾였지만 등신이니 병신이니 손가락질해 가며 따돌리지도, 비아냥거리지도, 비웃적거리지도 않았다.

딸아이가 출근길에 한 살배기 손녀를 떠맡긴다. 품에 안기자마자 깜찍스레 젖은 입술을 오므리고 "뽀뽀, 뽀뽀" 하며 생글거리는 손녀가 제법 묵직하다. "자, 요기 뽀뽀." 하며 입술을 내밀었더니 장난기 어린 표정으로 고개를 잘래잘래 저으며 "노" 한다. '뽀뽀'가 '뽀로로'를 틀어 달라는 요구인 줄 뻔히 알면서도 계속 입을 내밀며 "요기에 뽀뽀." 하면 선심 쓰듯 살짝 입술을 대 주며 방실거린다.

컴퓨터를 열어 뽀로로를 틀어 주고 곁에 앉아 책을 편다. 아기 테이블에 의젓이 앉아 동영상을 보던 녀석이 노리개젖꼭지를 마룻바닥에 팽개치고는 "압up, 압up" 하고 소리친다.

일부러 던져 놓고 집어달라는 떼쟁이 손녀가 제법 맹랑하다. 할아비의 관심을 돌려 보려고 잔머리를 굴리는 짓이 앙큼하다. 어쩌나 보려고 계속 딴전을 부렸더니 앙증스러운 손으로 테이블을 탕탕 두드려 댄다. 그래도 모르쇠를 놓는다. 아기가 찡얼거리며 보채기 시작한다.

젖먹이조차 무관심을 견디기가 쉽지 않은 모양이다.

노벨평화상 수상자이자 인권 주의자이며 미국의 명문 대학 교수인 엘리 위젤Elie Wiesel이 말하기를 "사랑의 반대 개념은 증오가 아니라 무관심이다(The opposite of love is not hate, it's indifference)."라 했다. 이 말은 곧 사랑은 관심에서 발아한다는 뜻일 게다.

그렇다고 관심이 곧 사랑이라고 할 수는 없다. 관심에 배려가 동반되어야 비로소 사랑이 아닌가. 배려하는 마음이 없고서야 어찌 관심만으로 사랑이라 할 수 있으랴.

사회적 약자에 대한 차별이나 따돌림 또한 관심의 표명임에 틀림없다. 다만 상대를 배려하는 마음이 없을 뿐이다. 배려가 없는 관심은 자칫하면 비아냥이나 놀림일 소지가 다분해 무관심보다 못하면 못했지 나을 게 조금도 없다.

관심이라고는 온통 득표에만 있는 정치인이 국민 사랑을 외친다면 어불성설이 아닌가. 그런 정치인은 국민을 사랑하는 것이 아니라 농락하고 우롱하는 것이다.

소외감이 심하면 광기를 부른다. 마야인들이 예언한 지구의 종말일이 일주일 앞으로 다가오던 2012년 12월 14일, 코네티컷 주어느 평화로운 마을 샌디 훅 초등학교는 아비규환이었다. 부모의 무관심과 주변의 냉대를 참지 못한 청년이 먼저 집에서 어머니를 살해한 후 동네 초등학교로 침입해 미친 듯 총기를 난사했다. 순식간에 어린 학생 스무 명과 필사적으로 제자들을 보호하려던 선생님 여섯 명이 희생되었다.

"우리들은 과연 이 나라 어린이들이 행복한 삶을 향유할 수 있도록 지극히 당연한 기회를 제공하고자 최선을 다했노라 떳떳이 말할 수 있는가?"

추모식에서 버락 오바마 대통령은 연설 내내 콜타르 같은 검은 눈물을 흘렸다.

뽀로로가 영 재미가 없는지 또는 책을 읽고 있는 할아비에게 심통이 났는지, 손녀가 손짓으로 문밖을 가리키며 칭얼대기 시작한다. 신발을 신겨 손을 잡으려 했더니 매몰차게 손을 뿌리친다. 혼자서 기우뚱기우뚱 발을 내디디며 잔디밭에서 모이를 쪼고 있는 까마귀들을 향해 "하이!" 하며 손을 흔든다. 까마귀들이 "까악, 까악" 소리치며 유칼립투스나무에 냉큼 올라앉아 손녀를 내려다본다. 손녀가 "압up, 압up" 하며 나무 위로 올려 달라고 생떼를 쓴다. 그 짓이 귀엽고 깜찍해 죽겠다는 듯 까마귀들이 까만 눈을 깜박거리며 "까악, 까악" 놀려 댄다.

삼룡三龍이 찬가

늘그막에 삼룡이란 별명이 생겼다. 늦게 본 외손자와 뒹굴며 낄낄거리는 내 꼴이 그렇게도 우스꽝스러웠을까. 그로 인해서 얻은 별칭인데 억울한 구석이 없지 않다.

반세기 가까이 지지고 볶으며 게릴라전 치르듯 예까지 함께 온 그녀가 적법한 개명 절차도 없이 덤터기 씌웠으니 말이다. 이왕지사 작호를 붙여 주려거든 좀 더 품위 있고 그럴싸한 놈으로 수배해주지 하필이면 삼룡이라니, 괘씸했다.

유성룡이나 이순신 등 기라성 같은 인재들에 가려 제대로 빛을 보지 못했지만 임진왜란 때 용명을 떨친 세 분의 장군님들이 계셨다. 주몽룡, 강덕룡 그리고 정기룡이란 그들 세 분을 통칭하여 삼룡三龍이라 한다. 그렇다고 낭군을 그분들과 어깨가 나란하게끔 대열에 끼어 주려는 호의는 아닐 테고, 그렇다면 작고한 코미디언 배삼룡을 뜻함인가, 그도 아니면 흘러간 영화 속 벙어리 삼룡이를 닮았다 함인가, 좀 헷갈린다. 아무튼 불만이 없지는 않지만, 그녀를 누가 말리랴.

텔레파시가 통했음인가, 둘째네가 저녁을 같이하자고 연락이 왔다. 그렇지 않아도 주말쯤 무작정 쳐들어가 손자와 뒹굴며 삼룡이 놀음이나 하리라 야무지게 마음을 다잡고 있었는데 왕복 4시간 운전도 면하고 덤으로 가스비도 절약할 수 있으니 일컬어 양수겸장이요 일석이조가 아닌가. 약속된 식당으로 가기 위해 자동차 시동을 걸어 놓고 기다리고 있자니 세월아 네월아 늦장부리다 나타난 평생 상전이 "삼룡씨 오늘 기분 째지네!"라며 시비를 걸어왔다. 섣불리 응대해 보았자 핀잔이나 듣지 하는 방어 본능으로 입 꼭 다물고 헛웃음을 지었다. 이럴 때를 위해 '묵비권'이라는 합법적 권리가 있는 게 아닌가 싶었다.

얼마 전 서울 친구가 메일을 보내왔다. 지금 고국에선 뇌물이 이렇고 재판이 저렇고 하더니 갑자기 '묵비권黙秘權'이 어떻고 저렇다기에 내 딴엔 속으로 'Mookbee Kwon'이라는 어느 권權 씨 성 쓰는 교포 아줌마의 이야기인가 지레짐작하고 "그 이름 참 예쁘기도 하여라. 한비야韓飛野보다야 백 배 천 배는 낫네."라고 감탄했다. 그러나 자세히 메일의 행간을 더듬어 보니 지난 정권에서 꽤나 높은 권좌에 올랐던 짜한 여사의 묵비 저항 이야기였다. 그 묵비권 여사께서 이번에 ○○시장에 출마했다기에 관심을 갖고 뉴스를 챙겨 보았더니 생각보다 말도 잘하고 재롱도 꽤 잘 부리더라.

한국의 지방 선거가 끝났다. 결과야 어떻든 선거가 무사히 끝나 천만다행이다. 그동안 선거 정국을 지켜보면서 저러다가 쌈박질 한 판 크게 벌어져 구소련 쪼개지듯 나라가 기원전 삼한시대三韓時代처럼 78개 잔챙이 소국으로 갈라지는 것은 아닐까 걱정되었다.

피 말리는 경쟁 끝에 밤은 깊어만 가는데 믿는 구석이 있었던지 묵비권 여사께서 개표 초장에 광장으로 쪼르르 달려가 "제가 시장이 된 것은 다 여러분 덕분입니다!"라며 일찌감치 당선 인사까지 마쳤다. 그야말로 기고만장이다. 우리 손자에 비하면 한참 고수임에 틀림없다.

결과는 아슬아슬하게 묵비권 여사가 패했으니 저를 어쩌나 싶은데 더욱 가관인 것은 그녀의 선대위 대변인이란 자가 왈, "패했지만 승리했다."며 득의양양하고, 막상 당선자는 "이겼지만 진 것이나 진배없다."며 겸손인가 음흉인가를 떨어 대니 이거야 원, 헷갈리다 못해 골치가 쑤셔 머리를 감싸며 중얼거렸다.

"그러면 도대체 누가 시장 되는 거여. 둘 다 시장 하나?"

그래, 왜 아니 그렇겠어. 둘 다 시장도 할 게야. 그동안 유센가 유휜가 하느라 재롱잔치 대장정에 제대로 눈도 못 붙이고 제때에 요기도 못해 진도 많이 빠졌겠지. 이참에 시장기도 면하고 살풀이도 할 겸 남녀 시장님 두 분이서 어느 서민 식당 구석자리에라도 사이좋게 마주 앉아 소주 한잔 곁들여 국밥이라도 나누며 앞으로의 시정 방향에 대한 고견인가 탁견인가를 주고받으면 얼마나 아름다울까.

잘난 사람이 겸손하면 아름답지만, 보잘것없는 사람이 잘난 척하면 야비다리 친다 하여 손가락질 당한다. 그래서 겸손은 미덕이라고 한다. 잘난 사람이 기고만장하면 가끔은 눈꼴도 시지만 그래도 "그래, 너 참 잘났다."라며 눈감아 줄 수밖에 없지만, 보잘것없는 자가 기고만장하면 "별꼴이 반쪽이야!" 하고 비쭉거리며 손가락질할 수밖에 더 있는가.

그래서 오만은 불손이다. 개표가 겨우 5퍼센트도 진행되지 않았는데 아닌 밤중에 홍두깨 휘두르며 광장까지 달려가 마이크 움켜잡고 "엄마, 나 시장 먹었어!" 하고 외치면 그건 꼴불견도 기고만장도 아니고 바로 오만 방자다.

사람 이름은 참 묘해서 이름만 보고도 선입견을 품게 된다. '다니엘'하면 어쩐지 멋쟁이 남자일 것 같고 '안나'나 '애니'는 깍쟁이 여인일 것 같은 생각이 든다. '학구'하면 공부 벌레가 틀림없을 테고 '순자'하면 애를 쑥쑥 잘 낳을 것 같지 않은가.

그런데 '삼룡이'하면 왠지 모르게 품성도 착하고 잔정도 많고, 오만 방자하지 않을 것 같다. '삼룡이!' 퍽 정감 있고 따스한 이름이 아닌가. 그러고 보니 내가 장가는 한번 잘 들었다는 생각이 든다.

노욕 老慾

하룻밤 만리장성도
요 한 장이면 쌓는다던데
우리도
그런 성城 하나
쌓자구나

가을 숲에서
널 기다리는 늙은이
갈퀴손으로 낙엽 긁어모아
바스락바스락
자리 펴는
속내

몸이야 비록
고목 등걸로 잘려 나가고
검버섯투성이지만
까짓 한 송이
꽃쯤이야

하빠의 하루

　요즘 늦복이 터졌다. 자식 넷을 낳아 키우면서 스스로 한 번도 해 보지 못한 우유먹이기, 기저귀 갈아주기, 낮잠재우기, 유모차 끌고 동네 한 바퀴 돌기 등 온종일 손녀와 씨름하다 보면 어느새 하루해가 기운다. 가뜩이나 큰손자와 손녀가 워낙 먼 곳에 살고 있어 잘해야 두세 달에 한 번꼴, 그것도 서너 시간 이상 함께할 수 없는 처지가 매양 서운하던 차에 막내딸이 출근길에 젖먹이를 맡겼다가 퇴근길에 데려간다.

　며칠 전 유모차를 끌고 공원으로 향하는 길에 미니마트에 들렀다. 멕시코 사람들이 모여 사는 동네라서 당연히 주인도 히스패닉 계이거니 생각하고 들어섰더니 한국인 부부가 반갑게 맞았다.

　"아기가 참 귀엽네요. 손준가요?"

　주인여자가 조심스레 유모차를 들여다보며 물었다.

　"아예, 손녑니다. 넉 달 지났어요."

"그럼 하빠시군요."

"아닌데요. 저는 황해도 출신 삼팔따라지인데요."

아내의 고향을 빗대 충청도 핫바지라고 놀리는 줄 짐작하고 은근히 부아가 치밀어 퉁명스럽게 대답했다.

"그게 아닌데…."

당황한 듯 말을 얼버무리던 여인이 표정을 가다듬더니 요즘 한국에서는 손자 손녀를 돌보며 소일하는 할아버지를 '할아버지 아빠'라 부르는데 줄여서 '하빠'라고도 한다고 해명해 주었다. 듣고 보니 실소가 절로 나왔다.

막내딸 내외가 서둘러 아기 돌보미를 구해 보겠다고 약속은 했어도 차일피일하더니 어느새 삼 개월째 들어간다. 마땅한 사람 구하기가 수월치 않다고 변명하지만 보아하니 할아비가 가급적 오랫동안 보살펴 주기를 바라는 눈치가 역력하다.

손녀가 잠든 자투리 시간을 이용해 틈틈이 책을 읽든가 글이라도 몇 줄 쓰고 있으면 어느새 두 눈을 말똥말똥 뜨고 하빠를 쳐다보며 방긋방긋 웃는다. 가끔 칭얼칭얼 잠투정도 하고 배고프다 징얼거리기도 하지만 그 또한 미운 줄 모르겠다.

일반적으로 노인들은 젊은이들과 달리 밤잠보다는 낮잠을 즐기고, 가까운 것보다 먼 것을 잘 보며, 자식들과는 서먹해지지만 손자 손녀는 끔찍이 여긴다는 이야기가 있다.

그런데 이 늙은이는 생전 가도 낮잠도 모르고 맨눈으로 깨알만

한 사전도 잘 읽는다. 돋보기를 쓰면 오히려 눈앞이 아물아물, 글자가 가물가물, 골머리가 지끈거린다. 그런데 손녀 손자들만 만났다 하면 허깨비한테 홀린 듯 사족을 통 못 쓰다니 아무래도 덜떨어진 팔푼이나 칠뜨기 노인네가 아닐까 싶다.

세월 앞에는 장사가 없다 했던가, 세월 바람이 살짝 불어도 행복은 색이 바래는가 보다. 매주 한 번 열리는 동창 골프 모임도 끊어 버리고, 친구들과 만남도 애써 자제하며 꼼짝없이 집 안에 처박힌 신세가 좀 처량하다는 생각이 슬슬 고개를 들기 시작한다.

마음 한 구석에 자잘한 동공洞空이 하나 둘 늘어간다. 행복감이란 것도 세월이 흐르면 골다공증에 걸리나 보다. 하기야 약발이 영영 식을 줄 모르는 행복이 이 세상 어디에 있으랴.

쾌락이나 환각과 마찬가지로 행복도 유효기간이 있을 게다. 그래서 사람들은 새로운 행복을 찾아 평생을 헤매는 것이 아닐까.

오늘은 손녀의 건강검진이 있는 날이다. 막내딸 부부가 함께 휴가를 받아 하빠도 덩달아 자유로운 하루를 보낸다. 그동안 발길을 끊었던 야산에 올랐다. 지난 연말까지만 해도 오가는 길에 쓰레기를 수거해 산책길 주변이 제법 깨끗했었는데 겨우 두어 달이 지났다고 산지 사방에 쓰레기들이 나뒹군다. 저 멀리 산페드로 항구를 끼고 등대처럼 들어선 정유 공장 회색 굴뚝들이 하늘을 향해 꾸역꾸역 연기를 토해 낸다.

산보 길에 잠시 쉬며 책을 읽거나 글을 다듬던 테이블 위에 깨진 코로나 맥주병이 날카로운 송곳니를 드러낸 채 널브러져 있다. 의자 밑 푸석푸석한 땅바닥에 혈압약 통만 한 플라스틱 통 하나가 눈에 띈다. 보아하니 마리화나를 넣었던 용기가 틀림없다. 담배 꽁초 서넛이 행복을 피우다 떠난 사람이 누군지 알고 있다는 듯 나를 빠끔히 올려다본다.

아서라, 그가 누구인들 알아서 무엇 하랴. 모처럼 홀가분한 날 하루가 이다지도 지루하고 쓸쓸하다니, 나 또한 어린애 젖비린내에 중독된 것이 아닐까.

꼼수장이 손자

　요즈음 손자의 꼼수가 장난이 아니다. 백일을 겨우 넘긴 손녀에 홀딱 빠져 예전처럼 자기와 놀아 주지 않는다고 걸핏하면 꼼수를 쓴다. 그렇지만 몇 년 동안 독차지했던 할아비의 관심과 사랑을 되찾아 보겠다고 나름대로 안간힘 쓰는 자구 노력이라 생각하면 밉기는커녕 기특하고 귀엽기만 하다.

　꼼수는 치졸하고 쩨쩨한 수단이나 방법이다. 그래서 꼼수는 속임수와 마찬가지로 떳떳한 장부가 할 짓은 못 된다고 한다. 하지만 속임수가 병법에서 버젓한 전술로 공인받듯 꼼수도 '정치는 꼼수다'라며 한 치 부끄러움 없는 정치 공작의 한 방법으로 정당시되고 있는 것이 아닌가 싶다.

　요즈음 정치판을 들여다보면 속임수가 판을 치고 꼼수가 기승부린다. '아니면 말자' 식의 의도적으로 계획되고 각색된 정치시나리오가 비일비재하다. 어쩌면 속임수나 꼼수는 약방의 감초같이 없어서는 안 되고 없어질 수도 없는 정치적 묘수일지 모른다. 게다가 걸핏하면 딴죽걸기요, 여차하면 오리발이다. 이제는 고전적인 치자治者의 덕목이나 덕성은 눈을 씻고 보아도 오리무중이다.

사이버 공간에 잠입한 레지스탕스 누리꾼들뿐만이 아니라 공익과 사회 정의구현에 앞장서야 할 제도권 매체들마저도 뇌화부동하며 덩달아 춤추다 보니 나라 돌아가는 꼴이 풍전등화처럼 아슬아슬해 보고 있자면 현기증이 다 난다.

정치는 삐딱한 눈으로 관전해야 흥미진진하다. 그래서 요지경 같은 정치판은 특수 색안경을 쓰고 보든가, 일부러라도 사팔눈을 뜨고 구경해야 제 맛이 난다.

뿌루퉁하니 거실 한구석에 쪼그리고 앉아 눈치코치 보아 가며 "나 아파 I'm sick." 하며 엄살을 떠는가 하면 "나 슬퍼 I'm so sad." 라며 연기를 펼치는 손자의 꼼수가 제법 달인의 경지에 이른 듯싶다. 꼼수라는 걸 잘 알면서도 보기에 하도 안쓰러워 손녀를 제 어미에게 건네고 다가서면 용수철처럼 팔짝 일어서며 "계단놀이 하자 Lets go upstairs."하고는 할아비 손을 잡아끈다. 한두 차례 고행으로 끝날 것이 아닌 줄 뻔히 알면서도 신성한 국토방위 의무라도 수행하듯 다리를 절룩거리며 가파른 계단을 오르내린다.

한국과 마찬가지로 미국에서도 금년에 대권 경쟁이 있다. 미국에서는 전통적으로 민주당과 공화당이 정치판을 주도한다. 양당 구도가 굳건하다. 그러다 보니 선거를 코앞에 두고 당을 급조하든

가, 탈을 바꿔 쓰고 문패를 교체하든가, 당명을 변경하든가, 시의
적절하게 이합집산도 못하는 정치판이라서 그런지 관전하기가 무
척 따분하고 싱겁다.

"내 방식이 싫으면 떠나라 My way or the highway."라 했던가,
절이 싫은 중은 뒤탈도 뒤끝도 없이 훌훌 떠나는 것이 미국의 정
치판이다. 게다가 속임수의 고수나 꼼수의 달인들은 백 번을 죽었
다 깨어나도 정국의 주도 세력으로 부상할 수 없다.

오바마 대통령은 한국의 교육열만 부러워하지 말고 나처럼 하
릴없어 따분한 소시민을 위해 여의도의 첨단 정치 공법을 도입해
롤러코스터처럼 긴장감 있고 아슬아슬한, 스릴을 만끽할 수 있는
정치 풍토를 조성할 책무가 있지 않을까.

손자와 더불어 계단을 열대여섯 번 오르내리다 보면 허리통까
지 도진다. 녀석도 지쳤는지 숨을 할딱이며 소파에 몸을 던지고는
추추 트레인choo-choo Train을 틀라고 명령한다.

이제야 겨우 자유를 찾는구나 싶어 얼씨구나 하고 TV 메뉴를
바꾸려는데, 긴 다리를 한껏 뻗고 느긋이 앉아 세미파이널 풋볼경
기 중계를 보고 있던 사위가 정말 치사하고 아니꼽다는 듯 제 자
식을 흘겨보며 슬며시 자리를 뜬다.

손자 녀석이 짓궂은 미소를 지으며 "아빠, 사랑해 I love you,
dad!"하고 아양인가 너스렌가를 떤다.

검은 고양이 흰 고양이

엘에이 다운타운에서 오랫동안 사업을 하고 있는 친구가 있다. 고등학교 시절, 학교에는 럭비부와 역도부라고 하는 양대 세력이 용호상박했었는데 그는 역도부 주장이었다. 미남에다 키도 크고 등치까지 우람한 소위 의리의 사나이, 요새말로 짱 중 짱이었다.

그가 일찍이 미국으로 이주해 공장을 운영하다가 잘못하여 오른팔을 잃었다. 내가 이민 온 후 처음 만나 악수를 청하니 오른손은 바지주머니에 지른 채 왼손을 내밀었다.

속으로 '뭐 이런 싸가지가 다 있나.' 생각하고 기분이 언짢았지만 얼떨결에 오른손과 왼손으로 짝짝이 악수를 나눴다.

"오른팔이 이래서 미안해."

내 속내를 짐작했는가, 친구가 오른손 의수를 보여 주며 호쾌하게 웃었다. 적잖이 놀라기도 했지만 너무나 무안하고 미안해 얼굴이 다 화끈거렸다.

피치 못할 사정이 있어 한 손으로 운전을 해야 할 상황에서는 오른 손보다는 확실히 왼손이 편하다. 어느 팔이 더 중요할까 묻는 것이 우문일지는 몰라도 세상을 살아감에 있어 좌우 양팔이 꼭 필수 조건은 아니다 싶다. 친구는 두 손 다 멀쩡한 나보다 훨씬 당당하게 살고 있으니 말이다.

이민 온 후 학생이던 아이들과 한 지붕 아래 살 때 우리 집엔 검은 고양이 장군이와 흰 고양이 구슬이가 있었다. 온 가족으로부터 분에 넘치는 사랑과 귀여움을 받으며 오순도순 사이좋게 지냈다. 그러나 두 놈 다 흑묘백묘론黑猫白猫論이 무색하게도 쥐 한 마리 잡아 본 적 없다. 종일토록 온 집 안 구석을 쏘다니며 화병을 부수고 가구에 여기저기 생채기를 내더니 어느 날 새로 장만한 진공청소기 전선줄을 씹어 동강 내 버렸다. 그렇지만 저들끼리 흑백 논쟁 하느라 분탕질 치며 속 썩인 적은 한 번도 없었다.

보수 대 진보인가, 좌익 대 우익인가, 이념 분쟁이 끝날 기미가 전혀 없어 보인다.

자나 깨나 흑백논리에 좌충우돌이요, 체제 갈등에다 노사 대립이다. 게다가 중도까지 어정쩡하게 끼어들어 혼란에 혼란을 부채질하는 데다가 여야 극한대치에 지역 이기주의와 세대 갈등까지 뒤범벅되어 나라가 하루도 조용한 날이 없어 보인다. 하는 짓이 장군이와 구슬이보다 못하다.

우주에서는 중력Gravity과 반 중력Antigravity이 동시에 작용한다고 들었다. 그렇지 않고서야 어찌 광대무변한 우주의 천궁 질서가 일사불란하게 유지되겠는가. 그런데도 일반적으로 반 중력보다는 중력의 법칙이 훨씬 더 많이 회자된다. 반 중력의 역할이 상대적으로 과소평가되고 있는 것이 아닐까 싶다.

인간 사회도 마찬가지다. 정正의 구실이 있다면 반反의 역할도 있다. 음과 양이 어울려 우주에 질서와 조화가 가능하듯 정과 반이 씨줄 날줄처럼 엮임으로써 세상사 인간사에 질서와 조화가 가능한 것이 아닐까. 인간 사회가 제아무리 복잡하고 사람마다 개성이나 생김새나 색깔 등이 달라도 검은 고양이 장군이와 흰 고양이 구슬이처럼 사이좋게 더불어 지낼 수 있다면 세상이 얼마나 평화로울까.

친구는 오른팔에 차디찬 의수를 달고 다닌다. 긍정적인 사고에 의리를 최고의 미덕으로 믿으며 매사에 솔선수범하는 그는 동창 모임에서도 단연 인기가 높다.

그는 오늘도 열심히 일하며 성실하게 살고 있다. 그의 의수는 비록 자동차 핸들을 마음먹은 대로 꺾지는 못할지라도, 급할 때나 필요할 때 핸들을 받쳐 줄 수도 있고, 창고에서 물건을 들고 날 때는 버팀목 역할도 해 주는 훌륭한 오른팔이다. 멀쩡한 왼팔이 너무 많은 일을 떠넘긴다고 의수를 원망하지도 않는다.

요 며칠 새 날씨가 제법 쌀쌀하다. 이런 날이면 장군이나 구슬이가 생각난다. 두 놈 다 쥐 한 마리 잡아 본 적은 없지만 낯설고

고달프던 시절, 동고동락하면서 귀염둥이로 재롱둥이로 함께하던 참 고마운 고양들이었는데, 검으면 어떻고 희면 어떠랴.

이웃 이야기

가시꽃도 좋아

옆집 남자는 혼자서 산다. 사십 안짝으로 보이는 멀쩡한 사내다. 붙임성이 좋아 오가는 길에 마주치면 스스럼없이 인사를 건넨다. 하루에도 몇 차례씩 번질나게 집을 드나드는 것으로 미루어 짐작컨대 일정한 직업이 있는 것 같지는 않지만 그렇다고 궁색해 보이지도 않는다. 오히려 헌칠하고 다부진 체격에 깔끔하고 단정한 모습이 제법 여유로워 보인다.

그는 콘도 주민들 사이에서 바람둥이로 소문이 자자하다. 어쩌면 물리적 거리가 가장 가까운 이웃으로서 하릴없이 동네나 뱅뱅 돌며 소일하는 나만큼 그 집에 드나드는 여인들을 자주 대할 수 있는 사람은 없을 것이다. 하도 소문이 요란하기에 은근히 호기심이 발동해 한동안 눈여겨보았더니 이제는 드나드는 여인들 용모는 물론 차량 종류와 번호판 끝 번호 세 자리까지 훤하다. 얼마 전까지만 해도 백인 여성 서너 명이 번갈아 오갔었는데 요즘 들어 한국계로 보이는 동양 여인이 하루가 멀다 하고 드나든다.

며칠 전 산책길에 마주친 그가 반갑게 인사를 건네더니 느닷없이 질문을 해 왔다.

"닉한테서 들었어요. 롱비치로 이사한다면서요?"

"아 예, 그럴 예정입니다."

닉은 우리 집 막내사위로 둘이 서로 아는 사이다. 자식뻘밖에 안 된다는 교만한 마음이 고개를 들었던지 공연한 참견인 줄 뻔히 알면서도 불쑥 한마디 던졌다.

"결혼은 안 해요?"

"글쎄요. 여자는 가시 같잖아요. 야들야들한 가시가 한동안 간질간질해 그런대로 좋기도 하지만 정이 깊어지다 보면 점점 뻣뻣하게 쇠어 철조망 가시처럼 찔러 대거든요. 함께 오래 하다가는 생채기만 남아요."

할 말 다했다는 듯 씩 웃더니 휘적휘적 멀어져 갔다.

모두들 현대를 불통의 시대라고 한다. 사방팔방이 콱 막혀 소통이 두절되었다고 탄식한다. 세계는 하나니, 우리는 세계니, 사해는 동포니 별별 번지르르한 말들은 많지만 그건 현실이 조금도 그렇지 못하다는 반증에 지나지 않는다.

불통의 불꽃이 요원의 불길로 번져 어느새 내실 깊숙이 옮겨 붙었나, 부부가 백년해로는 고사하고 십 년 만이라도 원수지지 않고 탈 없이 지낼 수 있어도 천만다행이다.

어디 그뿐인가, 부모와 자식 간에도 소 닭 쳐다보듯 서로 데면

데면하고, 형제끼리도 툭하면 등짝 돌려 앉기 십상이 아닌가.

미학美學은 있어도 추학醜學은 없다
대관절 웰까
그건
인간사가 추醜해서다

선인장仙人掌 꽃에는 가시가 없다
어째서일까
그거야
선인仙人과 범인凡人이 달라서겠지

내게는 가시 성성한 꽃 한 송이가 있다
오늘도 못내 못 잊어 그리는
그녀는
가시꽃이다

집단 이기주의도 한물가고 바야흐로 개인 이기주의가 대세다. 내 코가 석자인 줄은 익히 알아도 남들이 피노키오 코를 하고 눈 앞에서 얼쩡거려도 쥐뿔만큼 관심이 없다.

현대인에게 '남'이란 '나' 이외의 모두를 아우르는 포괄 개념이다. 가정의 성원이라고 외예일 수 없다. 누가 "우리가 남이가?" 하면 "도대체 우리가 뭔데. 돼지우리?" 하고 딴청 부리는 판국이 아닌가.

체력도 그렇지만 여자의 마음은 남자보다 훨씬 여리고 섬세하다. 쇠가죽같이 두텁고 둔한 남자들보다야 여인들이 마음의 상처를 훨씬 더 잘 입는 건 당연하다.

소통은 혈액순환과 같다. 불통의 시대를 사느라 여린 피부에 종기가 생겨 긁다 보면 상처가 되고, 그곳이 다시 덧나 옹이가 지고, 옹이가 근질근질하다 보면 거기서 날카로운 가시가 돋아난다. 남자는 가시가 속으로 돋지만 여인은 밖으로 솟는다. 그래서 여인의 마음속에 응어리가 지면 삼복에도 서릿발이 선다지 않는가.

옆집 남자의 사고방식과 생활 태도가 겉보기에 제법 멋들어져 보일지 모르지만 속내를 알고 보면 그만큼 파렴치하고 비겁한 녀석도 없다. 고슴도치도 짝 지어 새끼를 낳아 보듬어 키우며 탈 없이 오순도순 잘도 산다는데 만물의 영장이라는 인간, 게다가 딴에는 대장부라고 큰소리치면서 그까짓 가시에 몸뚱이를 사리다니 어찌 당당하다 하겠는가. 그렇다고 수도승처럼 섹스와 아예 담을 쌓고 살지도 못하는 주제에 말이다. 뒤도 돌아보지 않고 어슬렁어슬렁 멀어져 가는 이웃 남자 꽁무니에 대고 꿍얼거려 본다.

"그래, 너나 호호백발 외톨이로 목숨 다할 때까지 실컷 독야청청 하려무나. 나는 가시꽃이 좋아 오늘도 그녀 곁이나 지키련다."

의리와 원칙

　우리가 세 들어 있는 비즈니스 몰에는 스물대여섯 고만고만한 업체들이 오밀조밀하게 모여 있다. 하는 일도 가지각색이어서 댄스 교습소, 무술 학원, 배관 용역업체, 조립 공장, 인테리어 업체 그리고 자그마한 무역 회사와 물류 회사에 개척 교회까지 들어서 있다.

　토마스라는 건물주는 이곳 말고도 몇 군데 임대 건물을 소유한 알부자임에도 언제나 겸손하고 검소한 초로의 남자다. 흐트러짐 없이 깔끔한 멋쟁이기도 하지만 맺고 끊기가 칼날 같은 원칙 주의자로 어찌 보면 얄미울 정도여서 가끔은 세입자들로부터 욕을 먹는다.

　이곳에서 내장 공사 업체를 운영하는 일본계 고바야시는 그를 가리켜 의리라고는 눈곱만큼도 없는 샤일록의 직계 후손일 거라고 흉을 본다. 작년에 몰 내 어떤 유닛의 내장 공사가 있어 입찰에 응했더니 단돈 몇 불 차이로 토마스가 세입자인 그를 제치고 다른 업체에게 공사를 맡겼노라 비쭉거렸다.

며칠 전에 토마스가 사무실에 나타났다. 창고 직원 실수로 지게차가 벽을 들이받아 옆 유닛에서 불평이 들어왔다 해서 같이 확인해 보니 벽이 심하게 손상되어 있었다.

실내 파손은 세입자 책임이라니 어쩌랴, 대충 눈대중으로도 사오천 불은 족히 들 것 같아 잘 아는 한국인 업체에게 공사를 맡기겠다 했더니 토마스가 가차 없이 "노!" 했다. 그러면 옆집 고바야시에게 공사를 주면 어떨까 했더니 그 또한 "노!"였다.

그러면서 자기가 직접 몇 군데 업체에서 견적을 받아 보고 공사를 맡기겠노라 했다.

아니, 공사 대금은 세입자가 부담하는데 내 맘대로 못하느냐 따지듯 대들었더니, 설사 그렇다손 치더라도 관리 지침을 어길 수는 없단다. 마음 같아서는 그놈의 내규가 무슨 금과옥조라도 되느냐 치받고 싶었지만 꾹 참고 말았다.

요즈음에는 많이 좁혀졌다지만 그래도 동서양의 문화와 정서 차이가 미세한 부분에까지 영향을 미치고 있다. 특히 좀 인간적인 융통성이 필요하다 싶은 지인이나 이웃과의 거래에 있어 원칙만을 내세워 야박스레 "노!"라 할 수 없는 것이 유교 문화권에 젖은 나나 고바야시의 사고방식일 것이다.

우리들 문화권에서 무소불위의 당위성을 뽐내던 의리라고 하는 덕목이 토마스의 원칙이란 대의명분 앞에서는 마치 침 먹은 지네 꼴이 되어 꼼짝달싹 못한다.

그럼에도 곰곰이 생각해 보면 누가 뭐라던 원칙은 원칙이라는 평범한 논리에 수긍이 간다. 의리상 웬만하면 매달 꼬박꼬박 월세를 보태 주는 고바야시에게 공사를 맡기는 것이 맞을 듯싶지만 그건 우리들만의 사고방식이 아닐까.

원칙이 무너지면 그 자리에 분쟁과 비리가 비집고 들어서 설친다. 건설짬밥 함밥집 비리 사건이라나, 듣다 보다 생소하고 아리송한 사건도 원칙이 제구실을 못하기 때문이리라.

배고픈 사람에게는 거칠고 누르뻑뻑한 서속밥 한 그릇이 화중지병畵中之餅보다 백 배 천 배 낫다. 제아무리 먹음직스러워 보여도 그림의 떡으로는 허기진 배를 채울 수 없다.

의리라는 덕목도 실리에 견주면 화중지병과 마찬가지다. 한때 '의리는 산 같고 죽음은 홍모鴻毛 같다'라 해서 의리를 위해 죽음을 가볍게 여긴다 했다.

의리란 '사람으로서 마땅히 지켜야 할 도리'라지만 사회적 통념은 설령 불이익이 따를지라도 무조건 따라야 하는 도리, 다시 말해 맹목적인 복종과 절대 충성을 의미하지 않는가.

세태가 변하면 사회 가치도 따라 바뀐다. 지금 세상에 불이익을 감수하며 조건 없이 충성 바칠 바보 천치가 세상 어디에 있으랴. 하다못해 통반장 자리나 말단 조직책이라도 보장 못 하면서 누가 감히 복종과 충성을 강요할 수 있단 말인가.

　이해타산이 인간관계의 버팀목 행세를 하는 세상이다. 이제 정치집단이나 조폭 세계에서조차 서로 주고받는 호혜 관계가 필수다.

　의리는 상평통보常平通寶나 다름없다. 금전적 가치를 상실하고도 한동안 동네 꼬마들 제기차기에 유용하게 쓰이더니 그마저 흘러간 이야기가 되어 이제는 그 알량한 역할마저 싸고 예쁜 플라스틱 제품에 앗겨 버렸다.

　이웃 고바야시의 지적대로 융통성이라고는 눈곱만큼도 없는 캘리포니아의 샤일록, 토마스의 얄미운 원칙주의를 과연 누가 탓할 수 있으랴.

천사는 천사끼리

인근 윌슨공원에 사람 발길이 미치지 않는 완충 지대가 있다. 공원 시설과 외곽을 차단하기 위해 설치한 이중 철조망 안에 제법 넉넉한 공간이 있어 고양이들이 옹기종기 모여 산다. 누군가가 매일같이 충분하게 먹이와 물을 넣어 주어서인가, 하나같이 살이 통통하게 오른 고양이들의 무상급식 천국이다. 흰 고양이와 검은 고양이, 회색 고양이와 갈색 고양이, 그리고 줄무늬 고양이와 잡색 고양이도 함께 모여 산다. 오랫동안 눈여겨보아 왔지만 서로 할퀴고 쌈질하는 꼴을 보지 못했다.

유칼립투스나무가 우거져 지역에 흔해터진 까마귀들이 점령하고 영유권을 행사하는 공원은 까마귀들의 낙토樂土이자 검은 광장이다.

나무 밑 그늘마다 바비큐 시설과 테이블이 놓여 있고 주변으로 알맞은 위치에 쓰레기통들이 보인다. 힐끔힐끔 행인들 눈치보아

가며 까마귀들이 쓰레기통을 뒤져 먹이를 찾는다.

큼직한 고깃덩어리라도 나오면 서로 먹이를 차지하려고 잠시 옥신각신 작은 소요가 일지만 금방 평온과 질서를 회복한다. 허기를 채우고 나면 모두 나뭇가지 위로 올라앉아 저희들끼리 구수회의를 연다. 그리곤 어느 순간 합의라도 한 듯 작반하여 한꺼번에 하늘로 날아오른다. 그들 행동이 생각보다 일사불란하다.

그밖에 소소한 동물과 미물들도 공원 곳곳에 터를 잡고 나름대로의 군집을 이루고 산다. 생물들이 특정 지역에 서식하며 유기적 관계를 유지하고 사는 개체군의 모임을 군집 또는 군락이라고 하고, 공동생활을 영위하는 인간 집단 즉 가족, 마을, 조합, 교회, 정당, 회사, 국가 따위를 사회라고 한다.

사람들은 인간의 존엄성을 내세워 군집과 사회를 애써 구별하려 들지만 따지고 보면 막상막하요 오십보백보다. 개체간의 유기성이나 연대성을 놓고 따져 보아도 인간 사회가 저들 군집 생태보다 훨씬 우월하다 뻗대기에는 설득력이 약하다.

학교에서도 불량 학생들이 작반하여 몰려다니고 모범생들은 저들끼리 어우른다. 마찬가지로 천사는 천사들끼리 놀고 악마는 악마들끼리 어울린다. 천사는 악마와 말썽을 일으키지 않으려고 몸을 사릴 뿐만 아니라 정의를 위해 그들과 맞서 싸우려 들지도 않는다.

악마들 역시 천사들과는 전혀 일면식도 없다는 듯 외면할 뿐만 아니라 선과 악을 놓고 구태여 아옹다옹하려 들지 않는다.

천사가 고스톱을 쳐도 천사끼리 치고, 악마가 고누를 둬도 저들끼리 둔다. 서로 상대방의 놀이판에 끼어들어 졸을 전진시켜라, 차를 움직여라 훈수도 두지 않는다.

동네 인근에 한국인 부부가 딸과 함께 운영하는 조그마한 카페가 하나 있다. 20여 년간 허름한 옷차림으로 드나들던 단골손님 백인 노인을 친할아버지처럼 지극 정성으로 보살펴 주던 카페 주인집 딸 이야기가 있다.

강산이 두 번이나 변한다는 20년 세월에 할아버지의 건강이 점점 나빠지면서 병원 신세를 져야 할 일이 빈번해졌다. 그때마다 노인은 아가씨에게 연락했고 그녀는 당연하다는 듯 귀찮아하는 기색 없이 차를 몰고 달려가 병원으로 모시곤 했다.

어디서나 마찬가지겠지만 병원이란 데가 한번 들렀다 하면 두세 시간 정도는 걸리는 것이 상례니 그 수발과 친절이 보통 어려운 일이 아니다.

인간 사회가 선의의 사회 기능도 제대로 지켜 내지 못하고 그 잘난 덕목마저도 하나 둘 포기하는 판국이다. 하다못해 가정이라는 최소 단위 사회에서조차 제각기 이해득실을 따지려고 주판알을 튕기는 형국이 아닌가. 요즘 세상은 설령 친할아버지도 나 몰라라 외면하는 세상이다.

팔십을 훌쩍 넘긴 할아버지가 돌아가시기 전에 아가씨도 모르게 유언을 남겨 적지 않은 유산을 물려주었다. 장례가 끝나고서도 한참 지나서야 변호사에게서 연락을 받았다고 하니 아가씨도 천사가 맞지만 할아버지도 천사가 틀림없다.

늙은 천사와 젊은 천사가 함께해 온 20년이라는 짧지 않은 세월, 그들만의 미니 사회가 참으로 아름답지 않은가.

이웃

우린
한 지붕 밑
삼 층에
한 줄로 누워
한 자락 하늘 덮고
아홉으로
산다

우린
하루 수차례
한 굴로 들락이며
구구색색
구구히
아홉 빛으로
산다

우린

아침나절도
–하이!
한나절도
–하이!
저녁나절도
–하이!

우린
한 구멍
한 식구 같은
아홉 가구이면서
–하이!
한마디로
마음 여닫는

우린
한 구역
한 이웃이다

그렇고 그렇지

미국 남부의 명문 듀크Duke대학교 여학생이 포르노 영화에 출연했다고 말들이 많다.

그녀는 등록금 마련을 위한 사적인 출연인데 무엇이 잘못됐냐며 당당하게 항변한다. My decision to do porn to pay for college was a private one I made.

기라성 같은 명사들도 기회를 잡으려고 기웃대는 TV 대담 프로에 나와 거침없이 소신을 밝히고 유명한 잡지사와도 인터뷰를 가졌다. 하룻밤 사이에 일약 스타라는 말이 실감 난다.

그녀를 두고 반응이 엇갈린다. 그녀를 옹호하고 감싸 주는 동정파가 있는가 하면, 학생 신분으로 도저히 있을 수 없는 행위라며 규탄하는 사람들도 있다. 어쨌든 모니카 르윈스키처럼 머잖아 돈방석에 앉을지도 모른다.

역취순수逆取順守란 말이 있다. 도리에 어긋나는 행위로 천하를

쥐고도 바르게 도리를 지킨다는 뜻이다. 결과만 좋으면 수단방법이나 동기가 떳떳치 못해도 정당성을 인정받는 경우와 같다. 시간이야 좀 걸리겠지만 5·16도 머잖아 쿠데타라는 오명으로부터 자유로울 수 있지 않을까. 순정인가 사련인가는 몰라도 조강지처를 밀어내고 안방을 점령한 여인도 현모양처는 고사하고 국모자리도 넘볼 수 있는 세상이니 말이다.

"모로 가도 서울만 가면 된다."는 속담이 있다. 하기야 지구를 한 바퀴 반 돌아 서울에 입성한들 누가 탓하랴. 동양인, 특히 한국인들은 결과에 후한 점수를 준다. 동기나 수단이야 어쨌든 결과만 좋으면 설령 비윤리적, 반인륜적 행위일지라도 슬며시 눈감아 주는 아량이 있다. 그래서 반역이나 쿠데타도 결과에 따라 정당성이나 정통성을 추인받을 수 있다.

오죽해야 "성공하면 충신이요, 실패하면 역적"이라는 말이 아무런 거부감도 없이 통용되겠는가.

서양인들은 결과가 아무리 좋더라도 동기나 수단이 순수하지 못하면 잘했다고 손뼉 치지 않는다. 아브라함 링컨 대통령이 존경받는 이유는 남북전쟁을 승리로 이끌어서가 아니라 민주주의와 인권을 표방한 정의로운 전쟁을 수행했기 때문이다. 그러니 설령 남부군이 승리를 거두었다 해서 제퍼슨 데이비스가 링컨처럼 사랑받을 수 있을까 의문이다.

〈댄서의 순정〉이란 노래가 있다. 이름도 성도 모르는 남자 품에 얼싸 안겨 애틋한 마음을 알아주지 않는다고 원망하는 댄서를 보고 잘했군 잘했어 라며 박수쳐 줄 수는 없지만 화냥년이라고 욕할 일도 못 된다. 왜 댄서뿐이겠는가. 부모를 공양하고 동생들 뒷바라지하며 가세를 일으키려고 봄春을 파는賣 여인들 이야기도 부지기수다. 누가 감히 그들 가슴에 주홍글씨를 달아야 한다고 강변할 수 있겠는가.

방년 18세인 명문 대학생 미리암 웍스Miriam Weeks를 두고 갑론을박하는 현상에서 사회 가치와 세태의 변화를 감지할 수 있다. 동기론과 결과론이 격돌한다. 아무리 자력으로 학비를 벌겠다고 능동적 자유의지로 출연했다 해도 정당성이 미심쩍다. 그렇다고 하루아침에 스타덤에 오른 신분 상승을 인정해 주기도 찝찝하다. 아니면 죽도 밥도 아니라는 식으로 양비론을 펴기도 그렇고, 흰 고양이든 검은 고양이든 쥐만 잘 잡으면 장땡이라며 등소평처럼 양시론을 들먹이기도 그렇다.

이럴 땐 차라리 얼렁뚱땅 구렁이 담 넘어가듯 슬그머니 뒤꽁무니를 빼는 것도 상책이 될 수 있다. 미리암 웍스가 옳고 그르고, 이러쿵저러쿵 골머리를 앓을 필요가 어디 있겠는가. 그녀가 포르노 영화에 출연하건, TV 대담에 나오건, 칭찬을 받건, 욕을 먹건, 가시방석에 앉건, 돈방석에 앉건 그게 도대체 우리와 무슨 상관이란 말인가.

그저 그렇고 그렇지 뭐.

"그렇고 그렇지."

　특별하지도 대수롭지도 않다는 참 멋진 우리말이다. 영어의 'so, so'와 의미가 비슷한 것 같지만 아무래도 '그렇고 그렇지'에 비해 'so, so'는 경망스러운 데가 있다.

　경박하지도 요란하지도 않은 우리말, '그렇고 그렇지'는 쓰기에도 그렇고, 보기에도 그렇고, 읽기에도 그렇고, 듣기에도 그렇고, 발음하기에도 그렇고, 두루뭉수리로 사용하기에도 그렇고, 그야말로 편하고 매끈한 그렇고 그런 나라말이 아닌가.

리처드가 보이지 않는다

이웃이 있었다. 옆집에 사는 이웃이 아니다. 인근 교차로에서 출퇴근 시간마다 만나는 이웃이었다. 유쾌하고 허식 없는 거리의 동냥아치, 리처드와 그 식구들 이야기다.

일 년 내내 보는 둥 마는 둥 인사도 없이 지내는 앞뒷집 이웃은 이웃다운 이웃이랄 수 없다. 이웃이 사촌보다 낫다는 속담도 이제는 속절없이 흘러간 옛 노래가 되었다.

좌회전 신호를 기다리며 잠시 정차하고 있으면 여유로운 미소에 손까지 흔들 뿐 아니라 가끔은 "굿모닝, 갓 블레스 유." 해 가며 축원까지 해 주었다. 곱게 빗어 단정하게 동여맨 엷은 갈색 장발에 키마저 훤칠한 히피스타일의 리처드였다. 가끔은 부인이 대신 자리를 지킬 때도 있었다. 금발에다 군살 한 덩어리 없는 늘씬한 몸매가 요새 말로 정말 끝내 주었다.

한 달이면 한두 번 이십 대 초반으로 보이는 핸섬한 아들도 보

였다. 그는 현장에서 좀 떨어진 벤치에 앉아 이어폰을 끼고 손장
단에 발장단까지 맞춰 가며 부모님이 일하는 모습을 무심히, 때로
는 유심히 지켜보곤 했다. 벌이 현장에 직접 나서는 일은 없었다.
어쩌면 용돈을 받으러 들렀을지도 모른다.

오늘, 그들이 보이질 않는다.

지난 토요일, 아침 운동 길에 리처드와 잠시 대화를 나눌 수
있었다. 운동을 마치고 도넛을 곁들여 커피라도 한잔 마실까 하고
주머니에 꼬깃꼬깃 구겨 넣었던 5불짜리 지폐를 헌납하고 어렵사
리 마련한 자리였다. 정색을 하고 질문을 던졌다.

"요새 사업은 어떻습니까?"

"불경기이지요."

"그럼, 거래 단가는 얼마인가요?"

"1불입니다."

좌회전 대기 차선으로 자동차 예닐곱 대가 진입해 신호등을 기
다리고 있었다. 대화를 서둘러 마무리 지어야겠다고 생각했다.

"쿼러Quarter는 안 받습니까?"

"옛날이야기이지요."

그가 가지런하고 하얀 이를 내보이며 웃었다.

우리가 이민 보따리를 끌며 미국 땅을 밟았을 적만 해도 25전짜
리 동전이 그들 거리 사업가들의 기본 거래 단위였다. 길거리를
걷다가 느닷없이 다가서며 "쿼러 플리스."하며 손을 내미는 점잖

게 생긴 미국인 앞에서 당황한 적이 한두 번이 아니었다.

이건 단순한 인상이 아니라 폭등이요 폭리가 아닌가. 물가 상승률을 아무리 높게 잡아 선의로 해석해도 그렇지, 십수 년 새에 네 배나 오르다니 그야말로 횡포가 아닐 수 없다.

분명 화폐 단위 운용에 문제가 있는 것 같다. 만약 50전이나 75전짜리 동전도 함께 유통된다면 그렇게 터무니없는 인상이 가능했을까 의심스럽다.

오래전에 우리 회사에서 일하던 에드워드라는 젊은 직원한테서 들었다. 유에스씨USC에서 사회학을 전공하는 그의 친구가 현장 학습인가 현장 체험인가를 한답시고 허름한 옷차림으로 비버리힐스 노상에서 일일 사업을 벌였다 했다. 하루 수입이 135불이었단다. 주말이나 휴일이었다면 필시 200불은 훨씬 넘지 않았을까. 그 지역이 부촌이긴 하지만 아무리 그렇다 쳐도 결코 적은 수입이 아니란 생각이 들었다.

어느 날 그 친구가 "공부를 계속해야 할지 말지."라며 탄식하는 소리를 들었노라 했다.

그럴 수도 있구나 싶었다. 요즘엔 비싼 등록금을 내고 졸업해 보아야 제대로 된 직장 구하기가 하늘에 별 따기라니 말이다.

오늘따라 교차로가 몹시 붐빈다. 이 시각에 리처드가 보이지 않다니, 혹시 집안에 흉사라도 생긴 건 아닐까 은근히 걱정이 된다. 별일 없었으면 좋겠다. 어쩌면 점점 깊어 가는 불경기로 하루

하루 벌이가 점점 줄어들어 좀 더 나은 수입원을 찾아 다른 카운티나 먼 타주로 떠났을지도 모른다. 하기야 그들이 어디서 어떤 일을 하던 그들의 일, 즉 직업은 매우 값지고 소중한 자유의 담보가 아닌가.

직업과 자유는 결코 상반되지 않는다 했다. "실직자는 결코 자유롭지 못하여, 추억 속에서가 아니면 단 한 시간도 즐거울 수가 없다."라 했다. 봉직에서 은퇴한 어느 성직자의 고백을 빌려 니체가 전언한 말이다. 사람이 살아가면서 무엇인가를 한다는 것, 그것이 곧 삶이며 생활이기도 하다. 설령 하는 일에 깊은 회의와 힘겨운 좌절이 따르더라도 이는 삶의 속성이며 숙명일 것이다.

리처드 가족이 굳건히 지키던 그 빈자리가 마치 추수 끝난 밭떼기같이 어수선하다.

혹시나 하는 마음에 주변을 두리번대다가 요란한 경적에 놀라 서둘러 시선을 거두니 좌회전 초록색 화살이 어느새 깜빡깜빡 나를 재촉한다.

기러기 아저씨

오랫동안 그림자조차 비치지 않더니 기러기 아저씨가 돌아가셨단다. 작년 이맘때까지만 해도 바로 앞 동에서 세라믹 조립공장을 운영했는데 오늘에서야 그의 동생에게 들었다.

하도 보이지 않기에 은퇴를 했거니 믿었다. 그래서 근래에 재혼한 젊고 예쁜 재취 자리와 여행이나 골프를 즐기며 노년을 유유자적하시려니 여겼는데 칠십 초반에 벌써 가다니, 요새 나이로는 좀 요절인 듯싶다.

그의 사망 소식에 떠오르는 기억이 있다. 비즈니스 몰을 오가다 만나 시시콜콜한 세상사 이야기를 주고받고 나면 마무리는 언제나 골프 이야기였다.

"요즘도 골프 자주 나가십니까?"

내가 흘리듯 끝맺음으로 던지는 인사가 '당신과는 더 이상 나눌 이야기가 없소. 이제 각자 제 일이나 봅시다.'라는 속내임을 그도 잘 알고 있었다. 그 또한 내가 익히 예지하고 있는 인사말로 대답하곤 했다.

"영 살맛이 없어요. 골프도 시들해졌고. 매일같이 늙다리끼리 라운딩하자니 원."

하고는 잊지 않고 '다음에 또 봅시다.'라는 의미의 마무리 인사를 덧붙이곤 했다.

"어디 예쁜 기러기 엄마 없나?"

그때마다 '별 실없는 분도 다 있군.' 속으로 고소苦笑하며 귓등으로 흘려보냈다.

그는 앞모습보다 헤어질 때의 뒷모습이 훨씬 멋있었다. 오랜 습관일까, 오른손은 바지 뒷주머니에 지르고 왼손을 서서히 올려 백발이 성성한 머리카락을 여유롭게 쓸어 올리며 특유의 팔자걸음으로 유유히 사라지곤 했다. 악당 두목과 일대일 맞장 결투를 끝장내고 뒤도 돌아보지 않고 표연히 떠나가는 서부의 사나이를 연상시켰다.

생각해 보니 성도 이름도 모른 채 사오 년을 지냈다. 어쩌면 첫 대면에 통성명 정도는 있었을 성싶지만 그 후로 일부러 애써 가며 피차에 호칭할 필요 없이 지냈기에 지금껏 나와 집사람은 그를 지칭할 때 그냥 '기러기 아저씨'라 불러왔다.

고등학교 시절 또래 친구들과 군산 앞바다에 있는 비안도飛雁島로 캠핑을 갔다.

날아가는 기러기를 빼닮았다 하여 붙여진 듯싶은데 모양새가 제법 그럴싸한 데다 섬 이름치고는 꽤나 예쁘다고 감탄했다. 군산에서 하룻밤을 묵고 이튿날 새벽에 출어하는 조그만 어선을 어렵사리 빌어 타고서야 비안도에 도착할 수 있었다. 담청홍색 노을이 수채화처럼 번지는 저녁 하늘을 학의 진으로 날아가는 기러기 떼를 본적이 있어 그 생생한 모습이 아직까지도 눈에 선하다. 올 굵은 청실홍실이 겹실로 뒤엉킨 듯 바다와 하늘이 경계마저 허무는 한 폭 커다란 풍광이 화폭처럼 펼쳐 있었다. 너무나 아름답고 적막하여 달콤한 무상감에라도 젖었을까, 아예 학업을 포기하고 눌러앉아 고기잡이나 하며 살면 어떨까, 같지 않은 고민도 해 보았다. 한때 꿈꾸어 봄직한 사춘기의 치기였으리라.

기러기들의 질서 정연한 비상, 실은 멀고 먼 다음 서식처로 떠나는 고난의 여정이겠지만 겉보기에는 무척 평화롭다. 특히 해는 지고 황혼기 잔영이 눈부시게 서려 있는 일몰 후 저녁 하늘에서 "끼룩끼룩" 동료를 격려하며 나는 기러기의 대오를 바라보고 있자면 그 정경을 처연한 평화라 해도 될지, 내 표현력이 참으로 부실하다는 생각마저 든다.

기러기도 한 번 짝짓기에 해로동혈한다던데, 사람들은 가족과 생이별하고 집 떠나 짝 잃은 기러기 되어 동서남북, 산지사방으로 날아간다. 아빠기러기 또는 엄마기러기가 되어 일정한 대오도, 함께할 동행도, 확실한 길잡이도 없는 망막하고 고달픈 선택인 듯싶다.

오직 '자식 교육열'이라는 미증유의 열대성 난기류를 타고 구라파로, 미국으로, 캐나다로, 일본으로, 호주로, 뉴질랜드로, 중국으로, 소련으로…. 그렇게 길 떠나는 험난한 행보가 이어지고 있다.

핵가족이 또다시 핵분열하는가. 대가족제도가 무너지고 핵가족 시대로 접어든다 싶더니 어느새 그나마 온전치 못하다. 가족이 헤어져 먼 이웃되고 가정은 산산이 쪼개진다.

가족 구성원으로 가정이 성립되고, 가정이란 생존 울타리가 온전함으로써 '우리'라고 하는 공동체 인식이 가능하다.

요즈음 젊은 세대 사이에 신사조처럼 파고드는 무자식이 상팔자라는 가치 전도 현상도 결코 바람직하다 할 수 없지만, 지나친 자식 사랑과 교육열로 가족이 뿔뿔이 흩어져 가정의 화평에 치유키 어려운 골 깊은 생채기를 자초하는 과욕 현상도 안타깝기 그지없다.

게다가 심심풀이 읽을거리 되어 매스컴 가십난에 올라 호사가의 입방아에 까불리는 기러기 가족 뒷이야기도 가슴 아프다.

엉뚱스레 바다 갈매기 한 마리가 날아들어 앞 동 지붕 위를 몇 바퀴 선회하더니 상큼 내려앉아 사방을 두리번거리며 서성거린다. 생전에 기러기 아저씨가 어슬렁대며 걸어가던 뒷모습이 아닌가. 노회한 총잡이, 기러기 아저씨의 혼백이 해구로 되돌아와 예쁜 기러기 엄마 찾아 배회하는 것일까.

맹견 주의猛犬注意

맹견 주의!
으스스 시뻘건 팻말 떨떠름해
까치발 딛고 슬그머니 지나려는데
다람쥐만 한 개새끼 한 마리
쪼르르 달려들며
바락바락한다

꼴같잖은 꼬락서니에 하도 기막혀
종주먹 한 대 먹이는 척했더니
불도그 닮은 여인
현관문에 기대
철책鐵柵 두른 이齒 드러내고
날 노려본다

무엇인가 설핏 짚이는 것이 있어
─굿모닝!
뗢디뗢은 인사 옜다 던지고
골목길 꺾어들어
끼득끼득 웃다 보니
배꼽 빠진다

깡통주이 캔

오래간만에 그를 다시 만났다. 볼일이 좀 있어 카운티 청사에 들렀다가 나오는 길에 정장으로 깔끔하게 차려입은 옛 친구와 마주친 것이었다. 그에게는 케네스Kenneth라는 버젓한 이름이 있건만 나는 스스럼없이 '캔Can'이라고 불러왔다. 굳이 '캔Can'이라고 부르는 데는 나름대로 이유가 있다.

그는 깡통주이였다. 결코 가난해서가 아니다. 비록 부자 축에는 들지 못 하지만 주정부에서 고급 공무원으로 근무하다 정년퇴직한 후 공원과 인접한 아담한 주택에서 아내와 함께 비교적 여유롭게 노년을 보낸다. 그럼에도 그는 거의 매일같이 동이 트자마자 공원에 나가 쓰레기통을 뒤져 재활용품을 수거해 왔다.

한바탕 깡통이나 빈병을 수거하고 나면 골프 연습으로 아침 운동을 시작했다. 곳곳에 '골프 금지No Golfing'라는 팻말이 버젓이 나붙어 있는데도 아랑곳하지 않았다.

혹시 공원 관리인에게 발각되기라도 하면 말썽나지 않겠느냐 걱정했더니 자기는 공원에서 '골프하는' 것이 아니라 '운동하는' 중이라며 씩 웃곤 했었다.

청사 앞 벤치에 나란히 앉아 이런저런 세상사를 주고받다가 깡통 이야기가 화제에 올랐다. 그에 의하면 몇 년 전부터 공원에서 깡통이나 빈병, 하다못해 플라스틱 병조차 찾아보기가 어려워졌다고 한다. 공원 당국이 군데군데 재활용품 수거박스를 설치해 간접적인 영향도 없지 않지만, 그보다는 요즘 사람들이 하나같이 알뜰살뜰해져 소소한 물건들일지라도 함부로 버리지 않는 풍토가 직접적인 원인이라 했다. 그래서 도리 없이 깡통 줍기 부업을 포기했다며 허허거렸다.

그는 수거한 재활용품을 팔아 매달 일정 금액을 불우이웃 돕기 성금으로 보내고 남는 돈으로 카운티에서 운영하는 저렴한 9홀 골프장에서 아내와 함께 골프를 치며 소일했다.

그래서 나는 주저 없이 그를 '캔Can'이라고 부르기로 했는데 거기에는 '깡통Can'과 '할 수 있다Can'라는 두 가지 의미가 있다.

자리를 털고 일어나 헤어지면서 자동차로 향하는 그를 향해 우렁차게 소리 질렀다.

"이제부턴 켄Ken이라 부르겠습니다. 켄 씨, 또 봅시다."

"아닙니다. 캔Can이 나아요. 멍청이ken가 되고픈 생각이 없거든요."

켄, 아니, 캔이 홰홰 손사래를 치며 큰소리로 말했다. 함박웃음을 지은 그가 꼭 때묻지 않은 소년 같았다. 나도 덩달아 오래간만에 가슴을 활짝 펴고 웃었다. 우리들 웃음소리가 꽤나 유난스러웠던가, 청사 앞 쓰레기통에서 먹잇감을 뒤지던 까마귀 두 마리가 후닥닥 놀라 유칼립투스 나뭇가지 위로 올라앉았다.

방금 청사에서 나온 늘씬한 흑인 아가씨가 두 늙은이의 당돌하고 거침없는 큰소리가 의아스럽다는 듯 힐끗거리더니 살래살래 고개를 저었다. 그 표정이나 몸짓으로 보아 우리가 못 말리는 주책꾸러기나 소요 분자로 비쳤던 모양이었다.

하도 멋쩍어 속으로 자문해 보았다.

"과연 우리가 나잇값이나 제대로 하며 사는 걸까."

6

여인
이야기

여보, 정말 미안해!

　이인일각二人─脚이라는 술집이 있다. 집에서 걸어 삼사 분 거리다. 막역한 이웃 친구네 같아 난치병 같은 외로움을 달래려 가끔 들른다. 그곳에는 언제나 나를 반기는 여인이 있다. 만날 적마다 처음 만나는 것처럼 새삼스레 첫 만남 같은 인사를 건네는 그녀가 좋다.

　그래, 첫 만남은 설렘이 아닌가.

　그녀가 생끗 웃는다. 살짝 보조개도 덩달아 방긋한다. 젊고 예쁘고 볼륨마저 있어 농익은 연시 같은 여인이다. 도토리묵 사발을 엎어 놓은 것 같은 풍만한 젖가슴이 푹 파인 옷깃 사이로 출렁이며 금방이라도 쏟아져 내릴 듯 파르르 떤다. 도톰하고 촉촉이 젖은 입술을 살포시 열어 "안녕 아저씨, 오늘도 처음처럼."이라며 아는 체한다. 당황한 나머지 얼떨결에 "으으으응, 그그그래….." 하고 어눌하게 대답한다.

참 이상도 하지. 화장실벽 눈높이에서 낯설지 않은 가인佳人이 "안녕 아저씨, 오늘도 처음처럼" 속삭이며 술잔을 들어 같이 한 잔 하잔다. 하다못해 키 낮은 어린이용 변기 앞에서도 물 익은 몸매를 뽐내며 버젓이 미성년자들에게 음주를 부추긴다. 유독 한 국 식당이나 술집에서만 볼 수 있는 진풍경이다. 그래도 행운이 다. 아니었다면 내로라하는 그녀들을 감히 넘볼 수나 있으랴.

세상 만물에게는 각기 있어야 할 자리가 있다. 부엌칼은 주방이 제자리로 어울리고, 싸움 칼은 검객의 허리나 잔등에 꽂혀 있어야 제격이다. 야생화는 야산 깊은 숲 속에 피어나야 함초롬하고, 장 미꽃은 정원 담장 따라 가지런히 피어야 화려하다. 장미가 야산에 서 자라면 찔레꽃 피우고, 진돗개가 첩첩산중에서 성장하면 이리 나 늑대가 될 게다. 지구가 궤도를 벗어나면 그야말로 큰일 아닌 가.

사람도 마찬가지다. 국무 총리감이 통장이나 하고 있으면 어찌 아깝지 않으랴. 면장 자리도 과분한 주제에 대통령을 하면 본인은 물론 나라를 위해서도 불행이다. 그래서 적재적소란 말이 있다.

청문회가 가관이다. 인신 공격에 사생활 까발리기 난장판이다. 한 사람을 둘러싸고 저마다 날 빠진 부엌칼을 용천보검인 양 휘둘 러 댄다. 그곳엔 연좌제가 버젓하다. 그것도 사돈에 팔촌까지 사 정권에 포함된다. 아무리 눈여겨보아도 당사자의 정책 집행 능력 을 점검하고, 공인으로서의 포부나 소신을 청취하는 자리가 아니

라 막말, 헛말, 재담, 악담, 악다구니 경연장 같다. 뉴욕 외환거래
소나 증권거래소도 그보다는 질서 있고 조용할 게다.

그리스도나 석가모니도 청문회에 서면 배겨 내기 어려울 것 같
다. 그러니 설령 을파소乙巴素나 황희黃喜가 살아 돌아온들 무슨
소용이랴. 그들이야말로 요즈음 돌아가는 사회 분위기로는 반장
자리는 고사하고 가장자리도 제대로 지켜 나가기 어려울 게다.
두 분 다 성품이나 이재 능력으로 보아 지아비 구실조차 버거울
테니 말이다.

참 안타깝기도 하지. 내게야 이게 웬 떡, 봉 잡은 기분으로 가끔
찾아가 헐렁한 마음을 달래 본다지만, 그래도 그렇지, 쭉쭉빵빵
잘 빠진 팔등신에 잘난 예인藝人들이 저들이 서야 할 무대나 촬영
현장도 마다하고 생뚱스레 썰렁한 남자 변소에 주야장천 처박혀
암모니아 냄새에 몽롱하게 취한 채 '처음처럼'을 처음인 양 되뇌며
생글대다니. 쯧쯧, 아서라. 지겹지도 않을까. 나야 좋지만.

오늘따라 홑이불이 철책보다 무겁다. 중독성 일탈 충동逸脫衝動
이 고개를 쳐든다.

잠자리를 살짝 빠져나와 소리 죽여 옷을 갈아입는다. 행여 깰세
라, 눈치보아 가며 고양이처럼 빠져나온다. 늦을세라 마음 졸여
가며 처음처럼 길을 나선다. 몇 발짝 내딛다 말고 주뼛주뼛 뒤돌
아서서 처음인 양 나직이 웅얼거린다.

"여보, 정말 미안해!"

기가 막혀서

아침 산책길에 젊고 예쁜 여인과 눈이 마주쳤다. 그녀가 고개를 까닥거리며 곱고 정다운 목소리로 인사를 걸어왔다. 오가다 서로 시선이 마주치면 가벼운 손짓이나 미소를 주고받든가 "하이!" 또는 "굿모닝!" 하고 짧은 인사말을 건네는 것이 보통인데 오늘 그녀는 좀 수다스럽기까지 했다.

"안녕하세요? 오래간만입니다. 요즘 어떻게 지내세요?"

혹시 어디선가 만난 적이 있었던가 싶어 아무리 기억을 더듬어 보아도 생판 낯선 여인이 분명한데 그녀의 인사성이 하도 바르고 진지하다 보니 얼떨결에 입가에 미소를 주렁주렁 매달고 보무당당하게 다가서며 우렁차게 대답했다.

"아 예, 썩 잘 지냅니다. 댁은요?"

여인이 황당하다는 듯 우거지상을 짓더니 왕방울 같은 두 눈을 껌뻑거리며 어찌할 바 몰라 당황하는 것 같았다. 그리고는 고개를 네댓 번 절레절레 젓더니 한 줄기 찬바람을 일으키며 건널목 표시도 없는 도로를 휑하니 가로질러 도망치듯 멀어져 갔다.

기가 막혀서! 심산유곡 응달 같은 그녀 눈에는 내가 행려병자나 파렴치한쯤으로 비쳤던 모양이다. 그나마 911로 신고하지 않은 것만도 천만다행이다 싶었다.

하도 어처구니가 없어 '뭐 저런 여편네가 다 있어'라는 막말이 삐져나올까 싶어 어금니를 꽉 악물고 멀어져 가는 여인의 뒤태를 노려보다가 "아뿔싸!"하고 나도 모르게 탄성이 새어 나왔다. 양미간을 찌푸리며 눈여겨보니 가느다란 이어폰 줄이 귓불과 어깨선을 타고 겨드랑을 지나 탱탱한 반바지 주머니 속으로 숨어들고 있었다.

산책길에 우연히 마주친 동양인 늙은이에게는 겉치레로 고갯짓이나 까딱하고, 막상 정겨운 인사말은 그녀의 따스한 호주머니 속 그 누군가와 나누는 다정일 줄이랴. 핸드폰이라도 얼른 눈에 띄었더라면 아침결 망신살은 면할 수 있었을 텐데 싶었다.

한국말 같으면야 응당 말투만으로도 정황 파악이 가능하겠지만 높임말 낮춤말 경계가 유야무야한 언어인 데다가 이해력까지 시원찮으니 어쩌랴. 한순간의 섣부른 오해로 납추 하나 명치에 걸린 듯 무겁고 답답한 기분으로 산책을 마쳤더니 오늘은 아침 커피조차 씀바귀 뿌리 씹듯 씁쓰름하다.

생텍쥐페리가 〈어린 왕자〉라는 소설에서 "언어는 오해의 근원이다Language is the source of misunderstanding."라 했다.

어찌 언어뿐이겠는가. 행위 또한 오해의 원천 아닌가. 오죽하면 오얏나무 밑에선 갓끈도 고쳐 매지 말고, 오이밭에선 신발도 고쳐 신지 말라 했을까.

큰길가나 골목길에서 무심코 허리띠를 조이거나 고의춤을 추스르다가는 노상 변태로 오해받기 십상인 세상이다. 고매한 인격으로 추앙받던 저명인사도 사소한 실수나 선의로 한번 해 본 한마디 우스갯소리가 빌미되어 하루아침에 여론의 도마 위에 오르기도 한다.

그러니 행行 또한 언言과 쌍벽을 이루는 오해의 뿌리라 할 수 있다.

사람들이 나이 들어 가며 배움을 통해 교양이 쌓이면 언행이 반듯해지리라 여기는 믿음 역시 오해에 기인하는 경우가 흔하다. 어른이 되어 갈수록 말씨가 점점 더 투박해지고 행동거지가 거칠어지기 마련 아닌가. 게다가 배우면 배울수록 교언巧言과 허언虛言에 길들여지고 눈치코치가 바싹해져 처세의 달인이나 되는 양 으스대기도 한다.

"언필칭言必稱 요순堯舜"이라 했다. 입만 벌렸다 하면 옛 성현이나 철인들이 흘리고 간 말 조각이나 부스러기를 세 치 혀끝에 달고 팔자걸음 치며 거드름 피우는 사람들의 언행이 제아무리 명대사 명연기 같아도 진실성은 의심스럽다. 그러니 "어린이는 어른의 아버지"라는 역설적 시구詩句가 설득력을 갖는가 보다.

그날 운세는 아침 기분에 좌우된다는데 산책길에서 조우한 생면부지의 여인과 장군 멍군 주고받은 아침결 쌍방 오해로 해서 헝클어진 심금을 조율하기가 쉽지 않다.

어쩌면 지금쯤 그녀도 '내참 기가 막혀서!'라 투덜투덜 푸념을 늘어놓으며 놀란 가슴을 다독이지 않을까.

정경情景

오솔길 꺾어지다 튕겨 나간 야산 자락
늦여름 가다 말고 노닥이는 솔숲에
곰 한 마리 웅크렸나 했더니
엉거주춤 쭈그리고 앉아
사색하는 여인

오가다 힘겨우면 숨 좀 돌려 가려고
솔잎 깔개 한 닢 깔아 놓았더니
천연스레 볼일 다 보고
치맛자락 여미는 곰녀
한웅님 보실까 부끄럽나 봐

다람쥐 한 녀석 솔가지에 걸터앉아
눈망울 까맣게 굴리더니
장난기가 도졌나
달랑달랑 딸랑딸랑
솔방울 흔든다

어슬렁어슬렁 곰녀 떠난 바로 거기

촉촉 젖은 솔잎 더미 움찔대며

가쁜 숨 몰아쉬더니

저걸 좀 봐 송이송이 송이버섯

깜찍도 해라

홍 어 집 홍 여 인

홍어 집 홍 여인은 홍어 같은 아가씨였다. '홍어 같다'는 수식이 맞춤 한복이나 되듯 썩 잘 어울렸다. 오래 곰삭아 개미가 쏠쏠한 홍어마냥 알알한 체취를 풍겨 대던 삼십 대 중반의 목포 여인, 전라도 강진 출신 김선태 시인의 〈홍어〉라는 시를 읽다가 문득 이십이삼 년 전 무교동 홍어 집 주모가 생각났다.

오래 곰삭아 개미가 쏠쏠할 때
형언할 수 없는 알싸한 향기가
비로소 천지간에 가득하리라
　　　　— 김선태의 〈홍어〉 중에서

성정이 꽤나 명쾌하고 직설적이어서 맺고 끊음이 칼로 두부모 자르듯 했지만 술잔이 몇 순배 돌고 나면 야들야들하기가 갓 찌어

낸 홍어 속살 같았다.

이층 구석방에 자리를 잡고 흑산도 홍어찜을 달라 채근해도 "오늘은 없소." 한마디 뱉으면 달리 별 재간이 없었다. 그저 흑산도 인근 어장의 물때가 신통치 않아 구할 수가 없었나 보다 믿고 연해에서 건져 올린 홍어로 대신할 수밖에.

"그렇다면야 어쩌겠나. 대신에 굵직한 아저씨나 대여섯 놈 섞어 주시게."라며 특별히 부탁할라치면 "아저씨는 남의 아저씨를 너무 밝히오." 한마디 뱉고는 예쁜 눈을 흘기며 부리나케 주방으로 향했다. '아저씨'라 함은 홍어 애호가들 사이에서 '만년필'로 통하는 홍어의 만만한 가운데 살을 의미하는 그녀와 나 사이의 은어隱語였다.

흑산도 홍어는 내 고향 황해도 앞바다의 냉수대冷水帶에서 부화한다. 겨울철이 가까우면 서해 남부 흑산도나 홍도 인근으로 이동하여 깊은 바다 밑바닥에서 성어가 된다. 산란기가 되면 다시 황해도 장산곶 앞바다로 되돌아가 알을 낳고 새끼를 친다.

그들에게는 북방 한계선도 남방 한계선도 없다. 네 땅 내 땅 옥신각신하며 씨줄 날줄을 긋지 않는다. 같은 섬島을 두고 '센카쿠 열도'니 '댜오위다오'니 달리 부르며 국지전이나 전면전을 일으키려 들지도 않는다. 남도 앞바다에 떠 있는 버젓한 대한민국 섬 이어도離於島에 '쑤옌자오'라는 괴상망측한 이름을 붙여 놓고 억지 시비를 걸지도 않는다. 그들은 오직 천도를 따르고 순리에 순응한다.

장산곶 앞바다와 흑산도, 홍도 근해를 오가며 대를 잇는 홍어. 그래서일까, 느지막이 맛들인 흑산도 홍어를 씹다 보면 고향 냄새가 물씬거린다.

최근 홍어 어획량이 급감하면서 흑산도 현지 식당가에서조차 제 맛 보기가 어렵다 한다. 사정이 그렇다 보니 대도시의 번듯한 식당가에는 중국이나 칠레산 홍어가 흑산도 명찰을 버젓이 달고 활개 친다.

흑산도 홍어를 선호하는 미식가들은 늘고 공급이 수요를 따르지 못하다보니 부르는 게 값이라고 한다. 어장 현지에서조차 두 관 짜리 한 마리가 6,7백 불을 호가한다니 다단계 유통과정을 거쳐 대도시 음식점에 이르면 웬만한 송아지 한 마리 값과 맞먹지 않을까 싶다.

중국 어선 선장이 휘두른 칼에 해경 특공대원이 희생당한 후 단속을 강화하자 어획량이 점차 늘고 있다고는 하지만 서민들에게는 여전히 맛보기 힘든 귀물貴物일 수밖에 없다.

홍 여인의 홍어 집에는 국악인들, 특히 명창들이 즐겨 찾았다. 찜통에서 갓 건져 낸 홍어의 고깃살에서 입천장까지 쏘아 대는 화끈한 기운이 탁해진 목청을 말끔하게 되살려 준다니 왜 아니 그렇겠나. 하지만 이제는 국악인들에게조차 진짜 흑산도 홍어는 그림의 떡이 아닐까 싶다. 대신에 수입산 홍어로 목청을 달래다 보면 언젠가 노랫가락과 억양도 낯설어져 귀에 설지 않을까 괜스레 걱정도 해 본다.

　　앞동산은 봄 춘 자요 뒷동산은 푸를 청 자라,
　　가지가지 꽃 화 자요
　　굽이굽이 내 천 자라, 동자야 술 가득 부어라.
　　나도 지척에다가 정든 님 두고 마음이 심숭삼숭 한란헌데
　　너마저 내 창밖에 와서 슬피 울고 갈거나 헤

　술자리 분위기가 어지간히 달아오르면 흥을 못 이겨 놋젓가락
을 두드리며 한두 가락 뽑아야만 직성이 풀리던 홍어 집 홍 여인,
그녀도 지금쯤이면 타향살이를 접고 향도 유달산자락 어디쯤에서
육자배기를 흥얼대고 있지 않을까.
　오늘따라 홍어 집 홍 여인의 구성진 목소리가 환청으로 들려온
다.

허풍 엄마

어릴 적 살던 동네 골목에 무슨 일이라도 생기면 소매를 걷어붙이고 앞장서 해결사 노릇을 하던 아줌마가 계셨다. 동네에서는 없어서는 안 될 약방에 감초 같은 여인이었다.

주민들이 선출하거나 임명한 적이 한 번도 없지만 마치 골목반장이라도 되듯 온갖 궂은일을 도맡던 이웃, 허풍虛風 엄마였다.

아줌마는 허풍과 거리가 멀어도 한참 멀었다. 단지 별명이 '허풍이'이던 아들 때문에 덤터기 쓴 호칭이었다. 열 살도 채 되지 않은 녀석이 걸핏하면 "형아! 나는 형아를 이길 수 있어. 한번 붙어 볼래?"라든가 "우리나라 대통령 할아버지가 바로 우리 할아버지야."라며 으쓱대기도 했었다.

나는 그를 '쥐방울'이라고도 불렀다.

열대여섯 채 허름한 한옥이 들어선 골목을 끼고 스물두세 가구가 이웃해 살고 있었다. 당시만 해도 대부분의 주민들이 하루 세

끼조차 온전히 챙기기 힘들던 시절이었지만 이웃 간에 번질나게 훈훈한 인정이 오갔었다. 뉘 집에서 부침개라도 돌리면 하다못해 찐 감자나 삶은 계란 몇 알이라도 빈 접시에 얹어 되돌려 주는 것이 동네 인심이요 예의였다.

비록 단칸 사글셋방에서 막일꾼 남편과 외동아들을 키우며 살았지만 허풍 엄마는 언제 보아도 꽃보다 환한 미소를 달고 다녔다.

가끔 고지서나 편지를 들고 중학생이던 나를 불쑥 찾아와 "학생, 잠깐 나 좀 보아."하고 불러 대던 아줌마, 오늘 아침 거무튀튀한 반점과 주름투성이 얼굴에 머리마저 허연 노인이 나를 멀거니 쳐다보는 거울 앞에 서서 뜬금없이 그녀를 생각했다. 육십여 년 세월이 흘러서야 그 정겨운 이름이 떠오르다니.

소나기가 퍼붓던 어느 여름날이었다. 책가방을 들고 막 대문턱을 넘으려는데 비닐우산을 받쳐 들고 골목길을 지나가던 허풍 엄마가 걸음을 멈추고 정답게 말을 걸었다.

"학생, 이제 오나? 비를 흠뻑 맞았군그래. 우산을 써도 속옷까지 젖어 드는데."

"네, 허풍 엄마. 어딜 가세요?"

"응, 요 앞 가게에 잠깐. 아이스께끼 사다 줄까?"

아줌마는 '허풍 엄마'라는 호칭에 별로 거부감이 없던 것 같았다. 어쩌면 애칭 정도로 치부했을지도 모른다.

허풍은 거짓말과 달라 간계奸計나 계산된 의도가 없다. 허풍은 잠결이나 술김에 중얼대는 헛소리와도 전혀 다르다. 지킬 수도 없고 지킬 의향도 없는 약속을 남발하는 사람이 작심하고 뱉는 빈말과도 전혀 다르다. 어쩌면 허풍이야말로 찌든 삶에 활력을 불어넣어 주는 신바람일지도 모른다.

허풍은 막말이나 욕지거리와도 달라서 좀 지나치다 싶어도 남에게 상처를 입히지 않는다. 허풍쟁이치고 마음씨 고약한 사람은 찾아보기 힘들다. 좀 허황된 구석이 있어 보이기는 하나 허풍선이는 그래도 호인과 이웃사촌이다. 게다가 세련된 허풍은 돈키호테와 산초라는 명콤비의 기상천외한 기행奇行처럼 카타르시스를 느끼게 한다. 잔소리꾼이나 거짓말쟁이, 욕쟁이나 막말쟁이보다 허풍쟁이가 훨씬 더 인간답다.

엊그제 손자가 다녀갔다. 이제 겨우 네 살배기가 연극 대사 외우 듯 "Grandpa! I have no time to read a book(할아버지, 난 책 읽을 시간이 없어)!"라며 능청을 떨었다. 기가 막혀서, 알파벳을 터득한 지 얼마나 되었다고 벌써 허풍선을 다 띄우나 싶어 웃었다.

그 짓거리가 하도 신통방통하고 깜찍스러워서 바보처럼 시시덕댔더니 옆에서 콩나물을 다듬던 아내가 "살맛 나나 보구려."라며 피식 웃었다.

오랜만에 비가 내린다. 캘리포니아의 우기雨期는 겨울철이다.

그렇지 않아도 지난 겨울 동안 강수량이 부족해 목마르다 아우성 치던 산야가 아침부터 내린 흡족한 단비에 촉촉하게 젖어 흐뭇해 한다. 오래전에 먼 길 떠난 지난해 겨울이 미안하다며 철바람 편에 실려 보내 주는 은혜의 비, 보상의 비가 아닐까 싶다. 빗소리에 섞여 허풍 엄마의 촉촉한 목소리가 들리는 듯하다.

"학생! 아이스께끼 사다 줄까?"

곰보빵과 여인

아직도 같은 곳에서 영업을 계속하는지는 몰라도 종로 연지동 근방에 '함흥곰보냉면집'이 있었다. 어쩌다 굳이 '곰보'를 상호에다 덧붙였는지는 몰라도 냉면 맛이 기막히다는 소문이 하도 자자하기에 들르기 시작했다. 명불허전, 헛소문은 아니었다.

오늘 아침 신문에서 평생 편법이라고는 거래 은행 여직원에게 '곰보빵' 몇 개를 사다 준 것이 유일무이하다며 눈도 깜짝 않고 천연덕스럽게 능청부리는 어느 짜한 인사에 관한 기사를 읽다가 함흥곰보냉면집이 생각났다.

아침 산보를 마치고 간단하게 요기나 할까 하고 동네 인근 한국 빵집에 들렀다. 구석빼기 테이블에 여인이 홀로 앉아 한가로이 거리 풍경을 내다보며 곰보빵을 먹고 있었다.

차림새로 보아 아침 운동을 끝내고 들른 성싶었다. 오른손 엄지 검지 중지 세 손가락을 깜찍하게 오므려 몽글몽글한 돌기突起를 뜯어 맛있게 씹으며 간간히 커피를 마시는 모습이 퍽 인상적이었다. 나도 모르게 웅얼거렸다.

"그럼 그렇지, 곰보빵은 그렇게 먹어야 제 맛이지!"

곰보빵을 '소보로'라고도 한다. 영어로는 설탕, 시나몬, 밀가루, 버터, 열매 등을 섞어 만든 '스트로이젤'이라는 토핑을 얹은 커피 빵을 '스트로이젤 브레드'라 하는데 우리나라 곰보빵과는 생김새나 맛이 다르다. 곰보빵을 '못난이 빵'이라고도 한다던데 아무래도 부르기가 좀 민망스럽다.

곰보라는 낱말도 이제는 사어死語나 폐어廢語 수준이다. 요즘처럼 예방의학과 성형 기술이 발달한 세상에 곰보가 어디 있으랴. 혹여 잘못해 곰보 자국이 좀 남았더라도 간단한 수술로 말짱하게 피부를 복원하지 않겠나. 수술 후에는 오히려 피부에 윤기가 자르르 흘러 한층 더 뽀송뽀송할 것이다.

살짝곰보. 얼마나 정감 있고 근사한 낱말인가. 콧잔등이나 볼에 세우細雨 빗방울에 살짝 패인 좁쌀알만 한 곰보 자국 한두 개 정도는 흠이라기보다는 차라리 매력 포인트다.

살짝곰보는 뭇시선을 끌어당기는 고혹蠱惑, 바로 그것이 아닐까.

얼굴에 점 하나 흠 한 점 없이 대리석 조각처럼 반들반들한 여인을 상상해 보라. 얼마나 매몰차고 매정스러워 보이겠는가. 마찬가지로 바늘구멍만 한 허점도 단점도 없는 사람에게 경원敬遠은 몰라도 친근감은 어렵다.

여인이 일어섰다. 늘씬하다 할 수는 없어도 잘 다져진 몸매가 연식 정구공처럼 통통 튈 것만 같은 탄력에 건강미가 넘쳤다. 출구를 향해 사뿐사뿐 걸어가는 발걸음이 노루걸음처럼 가뿐했다. 운동모를 눌러 써 확인할 길은 없으나 왠지 모르게 살짝곰보일 거라는 엉뚱한 생각이 들었다. 슬며시 웃음이 나왔다.

"여기 곰보빵 둘하고 커피 한 잔요."

카운터 앞에 선 채 여인의 뒷모습에 정신을 빼앗겨 피식피식 웃으며 주문했더니 '뭐 이런 늙은이가 다 있어'라는 듯 어리뻥뻥한 표정으로 쳐다보는 여종업원의 콧잔등에 땀방울이 송골송골 맺혀 있었다. 표정도 귀엽지만 콧잔등의 땀방울이 마치 살짝곰보 같아 웃음을 참아 낼 수가 없었다. 얼른 곰보빵과 커피를 챙겨 방금 그녀가 앉았다 떠난 탁자에 자리를 잡았다. 따스한 그녀의 체온이 남아 있었다.

사랑은

사랑은
줄다리기야
티격태격할지라도
금 그어 놓고 다퉈야지

사랑 싸움은
이겨도 그만 져도 그만이야
힘겨우면 질질 끌려가
안기면 되지

정녕 사랑이 식었다 싶으면
아예 줄을 놓아 버려
손바닥 마르면
아귀힘도 빠지거든

그래도 그렇지
잘 가라기엔 너무 이르잖아

맨땅에 벌렁 누워
오 분만 참아

행여 그녀가 성큼 달려들어
보듬어 안아 준다면
금방 젖어 들 게야
손뼉이

이날
이때까지
번번히 그래왔던 것처럼
그렇게 말이야

Love is

Love is
Tug of war.
It's better to squabble over
A ruled line.

In lovers' quarrel,
Nobody can get spolia opima.
Be dragged if so hard
And be hugged.

If it seems love became cold,
Let the rope loose;
With dried palms,
You can't hold it anymore.

But it's not the right time;
Still early to say goodbye.

Lie down on your back,

And wait for a few minutes.

Let her come along

And embrace you.

Then the dried palms

Should be wet again shortly.

Keep going as

You've done many times

Until now

From the beginning of your love.

울고 넘는 박달재

미국 캘리포니아에도 '울고 넘는 박달재'가 있다. 대륙의 중부에서 태평양 연안 산 파블로 만灣을 잇는 협곡, 스페인어로 굶주림, 즉 Hunger를 뜻하는 라 함브레La Hambre라고 하는 높고 험한 샛길이 있다. 200여 년 전까지만 해도 사람들이 살지 않던 계곡을 지나 서부로 향하던 미겔Miguel과 에밀리아Emilia가 아름다운 경치에 반해 인근 넓고 기름진 터를 잡아 사랑의 둥지를 틀었다.

통나무를 자르고 흙벽돌을 빚어 오두막을 짓고, 집 앞에 널찍한 텃밭을 일궈 농사도 짓고, 낚시와 사슴 사냥도 해 가며 오순도순 살았다. 풍요로운 땅에 장난기로 명명한 지명이 'La Hambre Valley'다 In playful mockery of its abundance they gave to it the name El Hambre Valley.

귀한 자식일수록 거친 이름을 지어 주던 옛 어른들처럼, 외지인의 관심과 접근을 꺼려 일부러 그랬을지도 모른다.

어느 날 남편 미겔이 생필품을 구입하기 위해 3주 예정으로 샌프란시스코로 떠났다.

에밀리아도 함께 가자고 부득부득 졸랐지만 농사일을 오랫동안 방치할 수가 없어 어렵게 그녀를 설득해 집에 남기고 떠났다. 마땅한 교통수단이라고 해야 겨우 당나귀뿐이었다.

돌아오겠다던 날짜가 훨씬 지나서도 영영 소식이 없자 하루하루 애태우던 에밀리아가 당나귀를 타고 남편을 찾아 나섰다.

해가 저물자 내리막 고갯길 인근에 있는 커다란 나무 아래에서 하룻밤을 지냈다. 잠결에 당나귀가 뺨을 핥으며 흥흥거리는 소리에 아침잠에서 깨어났다. 그리 멀지 않은 곳에서 귀에 익은 당나귀소리가 들렸다. 그 소리만 듣고도 남편이 타고 떠난 당나귀라는 것을 금세 알아차렸다. 하도 반가워 허겁지겁 달려가 보니 미겔이 얼굴을 하늘로 향한 채 반듯이 누워 실신해 있었다.

부랴부랴 멀지 않은 소택에서 물을 떠다가 수건을 적셔 가며 남편의 얼굴과 가슴 부위를 문질러 주고 모포를 함께 덮고 옆에 누워 보듬어 안았다. 연방 얼굴을 쓰다듬고 손발을 주무르면서 소생하기를 기다렸지만 허사였다. 고열에 시달리며 신음을 토해내던 미겔은 해 질 녘 끝내 숨을 거두었다.

늪을 덮고 있는 독초의 독기가 원인이었을 것이다. 모래알 같은 설움을 씹어 가며 구덩이를 파고 시신을 눕힌 다음 모포를 덮고 흙과 잔돌을 올려 봉긋한 무덤을 만들었다. 날이 저물자 당나귀

두 마리를 끌고 울며불며 집으로 향했다.

몇 해가 흘러서야 그곳에 새로이 삶터를 잡은 정착민들에 의해 잡초가 무성한 텃밭에서 에밀리아의 앙상한 유골이 발견되었다.

충청북도 제천에 있는 박달재에 박달 도령의 무덤이 있다는 이야기를 들은 적이 없다.

짐작컨대 사랑하는 여인, 금봉이의 허상을 쫓다가 천애天涯의 골짜기로 떨어진 박달 도령도 필시 에밀리아와 마찬가지로 깊은 골 어딘가에 백골만 남기고 떠났으리라.

사랑, 특히 남녀 간의 사랑은 예술 또는 문학의 형식을 빌려 비극적으로 미화되는 경우가 흔하다. 해피 엔딩으로 완결된 사랑보다는 꽃도 채 피우지 못했거나, 열매도 맺지 못한 미완의 사랑 이야기가 더더욱 사람들의 심금을 울린다.

사람들에게 희극보다는 비극에서 카타르시스를 찾고자 하는 성향이 있어서가 아닐까. 그러다 보니 사랑하는 남녀를 생이별시키는 정도로는 맘에 차지 않아 기를 쓰고 둘 다 죽여야만 속이 후련해한다.

웅장한 고인돌이나 석관묘, 튼튼한 돌무지무덤이나 덧널무덤, 허름하고 보잘것없는 초분草墳 등 모든 무덤은 결국 망자를 위한다고 수고롭게 조성한 좁고 갑갑한 공간일 뿐이 아닌가. 아무리 좋은 뜻으로 해석해 보아도 편안한 안식처일 수는 없다. 오히려 죽은 자를 자연과 격리시켜 꼼짝달싹도 못하게 가두는 밀폐된 감방이 아닐까 싶다.

　요즘도 어슴푸레 해 질 녘이면 라 함브레 협곡에서 끊어질 듯 이어질 듯, 이어질 듯 끊어질 듯, 애달픈 여인의 흐느낌 소리가 바람결을 타고 들려온다고 한다.

　자연과 더불어 자유로운 에밀리아의 혼이 매일같이 남편의 넋이 갇혀 있는 돌무덤을 찾아가 애타게 부르는 사랑의 노래가 아닐까.

　　Te amo, te amo, yo te amo.

　　(사랑해, 사랑해, 당신을 사랑해.)

사해동포 만세

늦여름 주말, 간이 휴게소의 한낮이 무덥다 못해 쇠화덕 같았다. 바싹 말라 바스러질 것 같은 회전초Tumbleweed가 여기저기 나뒹굴었다. 화포 탄알이 불붙은 채 구르고 또 굴렀나, 메마른 잔디밭 그슬린 흔적 같은 아스팔트 도로가 길게 퍼드러져 신열을 뿜고 있었다. 그 위로 각양각색의 크고 작은 차량들이 꼬리에 꼬리를 물고 있지만 움직이고 있는 것인지조차 애매하였다. 어찌 보면 도로 위에 들러붙은 진드기들 같기도 했다.

휴게소 주변으로 잡동사니 쓰레기들이 뙤약볕 아래서 열병을 앓고 있었다. 몹쓸 피부병이라도 걸린 듯싶은 비닐 봉투, 아무렇게나 던져 버린 깡통과 플라스틱 컵, 하다못해 찢겨진 타이어 조각까지 보였다. 한글 표시가 뚜렷한 새우깡 봉지, 히라가나가 선명한 과자 봉지, 한문자가 선명한 종이 봉투들도 이리저리 굴러다녔다. 휴게소 한 모퉁이에서 하릴없는 쓰레기 하치장이 따분하다는 듯 하품을 지르고 있었다.

밤의 도시 라스베이거스에 도착했다. 중심가 카지노 호텔에서 고객과 식사를 마치고 돌아서니 바로 게임장이었다. 끝도 없이 넓은 홀을 꽉 메운, 그야말로 형용색색 다민족 인종들이 백양백태의 게임에 몰두하고 있었다.

카지노에서는 방문객들의 성별도, 신분도, 피부색도, 옷차림도, 언어도 따지려 들지 않는다. 그저 도박꾼이며 고객일 뿐이다. 어쩌면 어수룩하게 보이고 영어 구사도 어눌한 유색인이 더 환영받을지도 모른다. 동양인의 통 큰 노름판 배짱을 저들도 잘 알고 있을 테니 말이다.

다민족 시대라고 한다. 지구촌 시대라고도 한다. 국제화를 외치고 글로벌화를 주창한다.

말은 그리 하지만 막상 마음으로는 아직도 고릿적 잣대를 들이대기 일쑤다. 자국민과 결혼해 자식까지 낳고 열심히 살고 있는 외국인 여성들, 적법한 수속을 밟아 생산 현장에서 땀 흘리는 제삼 세계 취업자들, 그들 중에서 유독 약소국 출신에 가난하고 힘없는 유색인에 대한 괄시와 왕따가 빈번하단다. 그 대신 선진국이든 후진국이든 백인들의 인기는 신분 여하, 성별을 불문하고 하늘을 찌른단다. 앙리나 헨리나, 로버트이든 로베르토이든, 마리건 매리건, 앤도 아나도, 키 크고 코도 크고 얼굴만 희멀건 하면 인기가 높단다.

한때, 우리들처럼 월남한 사람들을 삼팔따라지라고 불렀다. 지금에 와서 우리를 이민족 취급하며 이러쿵저러쿵 했노라 거론하고 싶지는 않다. 그저 그렇다는 이야기다.

그랬었다. 한때 서양인들을 통틀어 양이洋夷니 양놈이니 코배기라 했었다. 중국인은 통틀어 되놈이고, 중국집 주인은 장궤라 부르고, 일본인들은 남녀노소 불문하고 쪽발이였다.

요즘 서양인들은 신분이 엄청나게 상승되어 좋겠다. 칠 급 공무원에서 장차관으로 발탁된 경우가 아닌가. 생떼거리 같은 까발리기 청문회도 거치지 않고 말이다.

백류白流인가, 양류洋流인가.

위魏 아무개 여자 골프선수의 아이덴티티를 놓고 코미디 같은 실랑이가 있었다. 미국 방송은 단연코 미국인이라 하고, 한국계 언론은 그녀 이름 앞에 한국 또는 한국계라는 수식을 잊지 않았다. 중국 네티즌들이 벌떼같이 일어나 그녀는 중국인 소저小姐라며 핏대를 올렸다. 어떤 자는 한술 더 떠 전국시대 위魏나라 왕의 후손이라고까지 주장했다. 당시 위나라 왕은 위魏 씨가 아니라 필畢 씨였는데도 말이다. 어쩌면 그녀는 프랑스 마드무아젤이란 주장까지 나옴직하다 Oui! Elle est francaise.

위魏가 캐나다 오픈에서 우승배를 거머쥐고 유창한 영어로 인터뷰에 응했다.

그녀는 미국인일까, 한국 낭자일까. 혹은 중국 소저일까, 프랑스 마드무아젤일까. 그녀의 우승은 어느 나라의 영광이라 해야 하나. 그럴 일이 아니다, 그냥 다국적 여군의 우승이라고 해 두자. 잘못하다간 그녀의 아이덴티티로 인해 국제 분쟁까지 번져 제삼 차세계대전으로 비화할지도 모르지 않는가. 아이덴티티란 결국 편 가르기나 숨음질이 아닌가.

세계 평화를 위해 사해동포라는 말이 있음이다.

"위 선수 만세, 사해동포 만세!"

명시
연상
名詩聯想

그렇다고

어제 오늘
초봄 적시는 봄비가 내리고 있습니다
그래서일까
공연히 횡설수설하고 싶습니다

어제 봄비는
부슬비
오늘 봄비는
보슬비라 부르렵니다
어제와 오늘이 같을 수야 없잖습니까

어제는 날밤 새워
부슬부슬 부슬비 오더니
오늘은 아침 녘부터
보슬보슬 보슬비 내립니다

어제와 오늘

고인의 시혼詩魂이 예까지 이르러

시詩를 뿌려 대는가

봄비 소리가 하염 없습니다

봄비

　　　－이수복

이 비 그치면

내 마음 강나루 긴 언덕에

서러운 풀빛이 짙어 오것다.

푸르른 보리밭길

맑은 하늘에

종달새만 무어라고 지껄이것다.

이 비 그치면

시새워 벙그러질 고운 꽃밭 속

처녀애들 짝하여 새로이 서고,

임 앞에 타오르는

향연香煙과 같이

땅에선 또 아지랑이 타오르것다.

이수복 시인은

요즘처럼

시적 자유詩的自由를 표방하지 않습니다

그렇다고

이슬람 국가 전사들처럼

피의 노래를 부르지도 않습니다

그렇다고

광장廣場을 점거하고

북악北岳을 향해 주먹감자 먹여 가며
자유를 부르짖지도 않습니다

그렇다고
선민 어휘選民語彙가 따로 있고
서민 언어庶民言語가 따로 있다고
생떼를 쓰지도 않습니다

시인의 〈동백〉도 〈모란〉도 다 그렇습니다
꽃잎 어디에도
선민 낱말 한 놈 기어 다니지 않습니다

그렇다고
누구누구들처럼
알량한 선민의식을 뽐내려 들지도 않습니다

그럼에도

임의 시 한 수만으로도 이리 기분 좋다니

아무래도 난
천생 천민賤生賤民이거나
기껏해야
천생 서민天生庶民이 아닐까 싶습니다

빅베어에는 큰 곰이 없다 하더이다

샤갈의 마을에는 삼월에도 눈이 온다지요
수천수만 날개를 달고
눈이 온다지요

빅베어 산마을에도 삼월에 눈이 온답니다
아궁이불 지피는 아낙은 없어도
눈이 온답니다

아침나절 동리 주차장으로 진입할 적에는
싸락싸락
싸락눈이 내렸습니다

한나절 호숫가에서 허망낚시 던질 적에는
진득진득
진눈깨비가 내렸습니다

저녁나절 촌마을 어귀를 빠져나올 적에도

함빡함빡

함박눈이 내렸습니다

샤갈의 마을에 내리는 눈

　　　　　─김춘수

샤갈의 마을에는 3월三月에 눈이 온다.

봄을 바라고 섰는 사나이의 관자놀이에

새로 돋은 정맥靜脈이

바르르 떤다.

바르르 떠는 사나이의 관자놀이에

새로 돋은 정맥靜脈을 어루만지며

눈은 수천수만의 날개를 달고

하늘에서 내려와 샤갈의 마을의

지붕과 굴뚝을 덮는다.

3월三月에 눈이 오면
샤갈의 마을의 쥐똥만 한 겨울 열매들은
다시 올리브빛으로 물이 들고
밤에 아낙들은
그해의 제일 아름다운 불을
아궁이에 지핀다.

샤갈이 등 돌린 고향 마을 비테브스크에
요즘도 삼월에
눈이 오나요

샤갈의 고향 처녀 벨라가 누운 무덤가에
요새도 삼월에
눈이 오나요

아우슈비츠 녹슨 철조망에 눈꽃 피우듯
아직도 삼월에

눈이 오나요

샤갈이 잠든 생폴 드 방스 공원 묘역에는
삼월이면
눈이 오지 않는답디다

큰대 자 쓰는 나라라고 다 대국이 아니듯
인민 공화국 임자가 인민 아니듯
빅베어에는 큰 곰이 없답디다

빅베어에는 큰 곰이 살지 않는다 하더이다
두피頭皮 벗기듯 이름만 앗기고
쫓겨났다 하더이다

＊빅베어(Big Bear): 캘리포니아에 있는 산간호수 및 마을 이름

장다리꽃과 나비

무식한 용기는 만용蠻勇이라던데

수심水深도 모르고 진동한동

바다로 날아드는 흰나비

무모無謀한 건지

장렬壯烈한 건지

겉보기에 청青무밭인가 싶겠지만

삼월 바다에

장다리꽃 피지 않는 게

이팝나무에

입쌀 열리지 않는 거와 무에 다르랴

바다와 나비

　　　　　－김기림

아무도 그에게 수심水深을 일러 준 일이 없기에

흰나비는 도무지 바다가 무섭지 않다

청靑무우밭인가 해서 내려갔다가는

어린 날개가 물결에 절어서

공주公主럼 지쳐서 돌아온다

삼월三月달 바다가 꽃이 피지 않아서 서글픈

나비 허리에 새파란 초생달이 시리다

강냉이 가루로 쥐빛은 이팝 씹어 가며

칠십 년 내내 고난을 행군하는

겨울 나라

그 녘으로 끌려간 시인

고향 땅 밟아 보기나 했을까

낫 같은 예리한 낮달에 찢긴 하늘 밑

묘비墓碑들이 노곤한 한낮에

장다리꽃에 내려앉은

흰나비 한 마리

누구 넋일까

회자수劊子手와 시인

초록빛 보리밭이 바람결에 출렁입니다
봄보리 꽃냄새가 상큼합니다
허기가 밀려옵니다

종달새가 파란 캔버스에 낙서를 합니다
휘파람 소리가 간드러집니다
귀청이 간지럽습니다

춘궁春窮 기억이 아직도 살아 있습니다
회충으로 뱃속에 더부살다가
봄보리 꽃필 즈음이면 꿈틀댑니다

사월은 가장 잔인한 달
죽은 땅에다 라일락 꽃피우고
추억과 욕정을 버무리며
봄비 뿌려 시든 뿌리를 깨운다
　　　　　─엘리엇의 〈황무지〉 중에서

그래서인가 봅니다
사월에 주홍 글씨 새겨 준 시인은
고향 땅 등지고 섬나라 사람이 되었다지요

그가 요즘을 살아가는 작은 노인이라면
터키를 거쳐 시리아로 숨어들어
가장 잔인한 회자수가 되었을 테지요

사월 황무지에 황사바람이 무섭답디다
모래땅에 핏방울이 흩어진답디다
비린내가 진동한답디다

회자수가 핏대 세우고 신을 경배합니다
저주의 땅에 영광을
죽은 자에게 영생을

바퀴는 멎고 맙니다

물오른 사월에 눈이 부십니다
학교 운동장 양지받이서
비둘기들 종종대며
봄을 쫓습니다

자카란다 꽃들이 한창입니다
보랏빛 꽃그늘에
까마귀 두 놈이 붙안고
봄을 희롱합니다

청소차가 쓰레기통을 비웁니다
덜커덕 떨커덕 뜨르르
쇳소리가 찢어집니다
봄이 깨집니다

비둘기들이 놀라 혼쭐납니다
우르르 기왓골로 몰려가

끄르륵끄르륵

봄을 앓습니다

까마귀 눈이 화등잔 같습니다

하늘 드높이 날아올라

까옥까옥

봄을 토합니다

웃음에 바퀴가 달렸나 봐

　　　　　　　— 김기택

한번 나오기 시작한 웃음이

멈추지 않아

웃음에서 깔깔 까르르르

바퀴 구르는 소리가 나

바퀴 달린 웃음이

언덕을 내려가고 있어

웃음소리가 점점 빨라지고 있어

웃음 끄는 스위치가 있으면 좋겠어

달리는 웃음을 멈추게 하는

빨간 신호등도 있으면 좋겠어

구르는 바퀴랑 구르게 두세요

웃음도 한순간입니다

안달 안 해도

바퀴는 멎고 맙니다

동냥질도 진화합니다

한 푼 줍쇼
배가 고파요
구십구 전짜리 햄버거라도 먹어야겠어요

닷 푼만 적선합쇼
간밤 꿈이 기똥차게 좋았답니다
복권 좀 살까 봐요

열 푼만 보태 주세요
속이 쓰려요
해장국 한 그릇 뚝딱 했으면 해요

- 소주 한 잔 곁들이면 더 좋을 텐데

희망에는 날개가 있다네

　　　─에밀리 디킨슨

희망에는 날개가 있다네

영혼 횃대에 올라앉아

가사 없는 노래를 부르지만

결코 그칠 줄 모른다네

돌풍에도 새소리 달콤하다네

폭풍은 괴로울 게야

아무리 무안 줘도 작은 새

따스함 잃지 않는다네

혹한의 땅에서도

낯선 바닷가에서도

궁지에 빠져서도 빵 한 조각

구걸하지 않는다네

백 냥만 부탁해

사타구니가 근질근질해

거북 춤 한 판 질펀하게 벌였으면 해

천 냥만 줘

삭신이 다 뻑적지근해

바카라 한 판 돌리고 나면 시원할 거야

만 냥 내놔

벼슬 자리가 오죽 비싸야지

가슴팍에 금배지 달고 나면 뒤봐줄게

– 벼슬아치 똥맛은 고소하려나

희망에는 날개가 있다 합디다

날개 없는 사람들이 날개가 달고파

구걸질 나선답디다

동냥질도 진화합니다
터럭도 때 만나면 우화羽化합니다
거추장스럽다고 겨드랑 털 베지 마세요

희망에는 날개가 있다 하잖아요
날개 없는 희망은 날지도 못한다잖아요
날개 싹일랑 겨드랑에 남겨 둬요

– 동냥질일랑 이제 그만하고요

사월만 같으면

사월 한 달은 만우절로 시작되지요
그래서 사월이 좋습니다
흰소리 좀 늘어놔도
헛소리 좀 쳐도
객소리 좀 해도
미안하지 않습니다

사월은 시詩와 시인의 달이라지요
그래서 사월이 좋습니다
설익은 시혼도
앙상한 빈손도
알량한 자존도
부끄럽지 않습니다

사월이면 왠지 모르게 떳떳합니다
그래서 사월이 좋습니다
주머니가 좀 비어도

머리가 좀 희어도

등허리가 좀 휘어도

흉 같지 않습니다

참회록

— 윤동주

파란 녹이 낀 구리 거울 속에

내 얼굴이 남아 있는 것은

어느 왕조의 유물이기에

이다지도 욕될까.

나는 나의 참회의 글을 한 줄에 줄이자.

– 만 이십 사 년 일 개월을

무슨 기쁨을 바라 살아 왔던가.

내일이나 모레나 그 어느 즐거운 날에

나는 또 한 줄의 참회록을 써야 한다.
- 그때 그 젊은 나이에
왜 그런 부끄런 고백을 했던가.

밤이면 밤마다 나의 거울을
손바닥으로 발바닥으로 닦아 보자.

그러면 어느 운석 밑으로 홀로 걸어가는
슬픈 사람의 뒷모양이
거울 속에 나타나온다.

일 년 열두 달
사월만 같으면 얼마나 좋겠습니까
겸연쩍지도
낯간지럽지도
꼴사납지도 않는
그런 세월을 살고 싶습니다

나도 마냥 웃습니다

두엄 더미에 핀 꽃도 함초롬하듯이
길가에 핀 꽃도 의젓하듯이
무덤에 핀 꽃도 곱듯이
꽃은 다 꽃답습니다

배우지는 못했어도 참사람답듯이
가진 건 없어도 풍족하듯이
힘은 없어도 살아지듯이
가욋사람은 없답니다

대학물 마셨다고 누구나 당당한가요
시인이라고 다 떳떳한가요
그게 아닐 테지요
겉욕심 없어서 어엿할 테지요

행복

      ─천상병

나는 세계에서
제일 행복한 사나이다

아내가 찻집을 경영해서
생활의 걱정이 없고
대학을 다녔으니
배움의 부족도 없고
시인이니
명예욕도 충분하고
(중략)
막걸리를 좋아하는데
아내가 다 사 주니
무슨 불평이 있겠는가
(하략)

있는 듯 없는 것이나
없는 듯 있는 것이나
피장파장이 아니겠습니까
엎치나 덮치나 그게 그거라잖아요

재채기도 한두 번은 되게 시원하지만
줄재채기는 너무 괴롭잖아요
꽃밭 불붙듯이
사람살이가 그런가 봅니다

잣대로 잴 수 없는 게 행복 치수라지요
그래서 눈대중으로 잰다잖아요
눈이 해수면보다 낮아설까
나도 마냥 웃습니다

능소화 지는 유월이면

유월입니다
이른 아침 현관문 나서면
연보라 홑청이 길바닥에 곱게 깔려있습니다
뭇별들이 우르르 내려와 밤새 홑청이불 덮고 노닥이다가
동트는 소리에 놀라 서둘러 몸만 빼 떠나나봅니다

플라스틱 빗자루를 들고 길청소를 하면
자카란다 꽃들이 보도블록 껴안고 바동바동 앙탈합니다
힘껏 밀어붙이면 불어터진 때처럼 두르르 감깁니다
칡넝쿨로 엉성하게 엮은 싸리비로 쓸면
은방울소리가 날 것만 같습니다

옆집 사내가 정원사용 공기분사청소기를 들고 나옵니다
적군 섬멸하듯 된바람을 난사합니다
고사총高射銃 소리에 방울소리가 자지러듭니다
길가 양 켠 메마른 잔디 위에
피멍든 살점이 비명으로 켜켜이 쌓입니다

쫄딱

      – 이상국

이웃이 새로 왔다

능소화 뚝뚝 떨어지는 유월

이삿짐 차가 순식간에 그들을 부려놓고

골목을 빠져나갔다

짐 부리는 사람들 이야기로는

서울에서 왔단다

이웃 사람들보다는 비어 있던 집이

더 좋아하는 것 같았는데

예닐곱 살쯤 계집아이에게

아빠는 뭐하시냐니까

우리 아빠가 쫄딱 망해서 이사 왔단다

그러자 골목이 갑자기 넉넉해지며
그 집이 무슨 친척집처럼 보이기 시작했는데

아, 누군가 쫄딱 망한 게
이렇게 당당하고 근사할 줄이야

예선 능소화를 트럼펫덩굴Trumpet Creeper꽃이라 하지요
꽃 필 땐 진군나팔소리가 나고
꽃 질 적엔 진혼나팔소리가 들리는가봅니다
그래설까 능소화 뚝뚝 지는 유월이면
육이오가 떠오릅니다

시인의 마을서도 유월이면
능소화가 뚝뚝 떨어지나 봅니다
싸리비로 능소화 깔린 마당을 쓸면 어떤 소리가 날까요

옛적엔 계집아이들 간드러진 웃음소리가
까르륵까르륵 들렸거든요

능소화가 연緣줄 놓아버리는 유월 어느 날
쫄딱 망한 집이 낯선 동리 빈집으로 이사하는 날
이삿짐 부리는 소리가 진혼 트럼펫소리마저 삼켜버린 날
예닐곱 살 계집아이 귓바퀴에 엷붉은 상처
능소화 한 송이 피었다지요

젖먹이 손녀딸 양쪽 귓바퀴에 자카란다 꽃을 꽂아줍니다
뒤뚱뒤뚱 발걸음 옮길 적마다
보랏빛 은방울소리가 아침을 가릅니다
이웃 강아지가 반갑다 꼬리칩니다
손녀가 손 흔들어 하이! 합니다

마법에 걸리다

조옥규 수필가

아름다운 계절입니다. 봄볕은 온천지에 꽃을 피우고 내 마음에서는 기쁨의 꽃봉오리가 터지려 합니다. 나는 꽃단장한 새색시가 되어 새신랑을 기다리듯 마음 설레며 당신의 수필집 출간을 고대하고 있기 때문입니다.

우리가 첫 데이트를 하던 비원에는 지금쯤 모란꽃이 한창이겠지요. 고궁의 꽃길을 나란히 걸으며 당신은 내게 무슨 마법을 걸었던가요. 단발머리소녀에서 할머니가 되도록 47년이란 세월을 동행하고 있으니 지독한 미혹의 늪에 빠지는 마법이었나 봅니다.

'나는 밭가는 농부, 너는 쇠등에 앉아 노래하는 파랑새.' 시골에서 갓 상경한 열여덟 살 소녀는 당신의 달콤한 속삭임에 정신이 혼미해졌지요. 공부하라고 서울로 올려 보낸 부모님의 기대는 져

버리고 내 눈과 귀는 오직 당신만을 향하여 열려있었습니다. 그렇게 우리의 질긴 인연이 시작되었지요.

나는 당신의 사변적이며 시적인 언어를 좋아했습니다. 어쩌다 내가 짜증이라도 부리면 당신은 거실의 통유리 창에 빨간 입술연지로 시 한수를 써주며 내 언 가슴을 녹여주었지요. 서가에 책을 정리하다 책갈피 곳곳에 긁적여놓았던 해학적이고 풍자적인 초고 시를 읽으며 얼마나 뿌듯하고 행복했던가, 젊은 날의 추억이 아스라이 떠오릅니다.

누군가가 평생을 해로하는 부부를 '평생웬수'라고 했다지요. 그만큼 개성과 사고방식이 다른 남녀가 부부로 엮여 원만하게 일생을 함께하기가 수월치 않다는 뜻이 아닐까싶습니다. 생각해보면 문학의 길을 함께 걷는 우리는 참으로 다행인 것 같습니다. 한 편의 작품을 탈고하기까지 피 말리는 고뇌의 과정을 서로서로 이해하고 격려해주며 창작의 기쁨도 공유할 수 있으니 말입니다. 당신과 길동무이자 글동무로 두런두런 인생과 문학을 논하며 늙어갈 수 있어 행복합니다.

틈만 나면 '작가는 발로 글을 쓴다.'는 핑계를 내세워 먼 곳 가까운 곳 가리지 않고 여행길에 나서는 즐거움 또한 큽니다. 예전처

럼 자식들 문제나 사업이야기로 골치를 앓거나 아옹다옹할 필요
가 없으니 오가는 길이 가뿐합니다. 문학에 대하여 논하든가, 서
로의 글을 갖고 이러쿵저러쿵하다가 가끔은 의견이 엇갈릴 적도
있지만 그로해서 평생원수야 되겠습니까.

모란의 꽃말이 부귀영화라지요. 우리의 노년생활이 부귀영화
와는 거리가 있지만 다행히 함께 지향하는 문학이라는 공동가치
가 있어 정신세계는 어느 때보다도 풍요롭다 하겠습니다. 당신의
문학정신을 믿고 응원합니다. 당신의 수필집을 기다리며 가슴이
두근대다니 나는 아직도 그 옛날 당신이 쳐놓은 마법의 그물에서
벗어나지 못한 것 같습니다. 다시 한 번 수필집출간을 축하드리며
건필을 빕니다.

조사무의 문학 세계

자연주의자의 이상과 서사적 서정시학

감태준
(시인, 문화예술인모임 강변클럽 공동대표)

1.

조사무는 수필가이자 시인이다. 제재에 따라 시로, 수필로—때로는 시와 수필을 동시에 쓰기도 하여 장르에 울타리를 치지 않는다. 목차의 일곱 번째 카테고리인 '명시연상'에서는 명시를 읽고 자의적으로 해석하고 연상하는 방법을 취한다. 그의 말을 빌리면 "추상화를 감상하듯 작가의 시적 의중에 구애받지 않고 나름대로 연상하여 쓴 명시감상문"이다. 감상문이지만 운문이다. 자신이 먼저 운을 떼고 명시를 인용한 다음 다시 자기 운문으로 마감하는 식이다. 매우 드문 일이다. 시적 감흥이 일면 수필을 쓰는 도중에도 거리낌 없이 시상을 전개한다. 이런 장르의 혼용 내지 형식 허물기는 글감에 따라 최적의 형식을 선택하는 그의 생성적 개성에서 나온 것으로 보인다. 수필집의 표제 또한 그의 감각에 맞췄을 것이다. 표제를 처음 보고, 수필집에 걸맞지 않다 싶었으나 몇 번 되뇌다보니 그의 개성이 선뜻 다가왔다. 작가란 보통사람과 같은 위치에서 대상을 보되 보통사람 이상의 감각과 사유로 파악하는 존재라는 것을 내가 잠시 잊었던 것 같다.

그의 생성적 개성은 수필집의 차례에서도 나타난다. 차례는 '자연 이야기' '문명 이야기' '인생 이야기' '가족 이야기' '이웃 이야기' '여인 이야기' '명시연상' 등 일곱 카테고리로 구성되어 있다. '명시연상'을 제외한 여섯 카테고리의 공통분모는 '이야기'이다. 이는 주제를 구현하는 진술 방식이나 태도를 이야기 형식에 맞추고자 하는, 그의 글쓰기의 방법론이다. 따라서 자연·문명·인생·가족·이웃·여인 등은 곧 이야기의 소재인데, 얼핏 보면 우리 주위에 널린 글감을 망라하고 있다. 그럼에도 그는 각 카테고리 안에 있는 수필들을 하나같이 이야기 형식으로 풀어내는 일관된 입장을 견지하고자 한다. 무형식의 형식을 가진 것이 수필이라고 하는 데 대해, 작가로서 생각하는 수필의 정의에 맞춰 그 방향과 방법을 설정한 것으로 보인다. 다음 인용문은 수필에 대한 그의 흉금을 피력한 것이면서 문학적 이상을 내비친 글이다.

글, 특히 수필을 읽다보면 작가의 내면세계를 엿볼 수 있다. 수필이란 작가의 정서적 변(便)이 아닐까 싶다. 그러니 글을 찍어 맛보면 필자의 속내를 유추할 수 있을 것이다.

좋은 수필은 아무리 맛보아도 느끼하지 않고 상큼하지 않겠나.

이상(李箱)의 글, 즉 그의 변에는 곰삭다 만 고단위 영양분결정체가 그대로 남아있는 것 같다. 내 입맛이 까다로워서인가, 수양이 모자라서인가는 몰라도 그의 작품에 혀를 대보면 속이 거북살스럽다. 짧은 생애동안 서둘러 사변적 고단백질 지식을 폭식한 변이라서 그런지 맛보기가 버거운 편이다.

고승(高僧)의 글에서는 은은한 향내가 난다. 심산유곡에서 채취했거나 산자락에서 손수 가꾼 소채를 고르고 아껴 소식하고 깔끔하게 소화시킨 뒷내음일 듯싶다.

경세가의 글은 사리와 뜻이 명쾌할지는 몰라도 답답증을 유발하는 경우가 많다. 양촌 권근(1352-1409)의 응제시가 비록 명문이기는 하나 사대(事大)로 흘렀고, 제갈량의 출사표가 물 흐르는 듯해도 과욕이 지나치다.

탁주를 동이 채 마시고 차향 그윽한 소변을 보기는 어렵다. 삼겹살을 포식하고 꽃향내 상쾌한 대변을 기대할 수는 없다. 심화(心火) 가득한 작자의 수필은 미사여구가 그럴싸해도 섬뜩함이 있다. 탐심에 젖은 화자의 글에서는 구린내가 진동한다. 대충 씹어 다독(多讀)한 수필가의 문장에서는 지린내가 풍긴다.(〈처남댁과 수필〉)

그는 수필의 품격에 높은 이상과 가치의 척도를 두고 있다. 인용문에 내 생각까지 넣어 요약하면—'고단백질 지식'을 담은 내용이라 해도 작가의 내면에서 발효된 것이 아니면 읽기에 '거북살스럽다', 사변적인 글은 더 그렇다, 이성과 감성의 균형을 잃고 '탁주를 동이 채 마시면' 눈이 멀고, '삼겹살을 포식하면' 정신이 흐려지고, 마음속에서 화가 북받쳐 오르면 '미사여구가 그럴싸해도' 태생이 병든 마음이니 일그러진 얼굴을 양반탈로 가린 것과 다르지 않을 것이다, 어찌 '섬뜩'하지 않겠는가, '대충 씹어 다독하고' 설익은 지식을 펴는 수필가의 글은 겉으로는 현란할지 모르나 음미할 가치가 없다! 그는 시세와 혼탁을 경계하고 참선하여 진리를 터득한 고승의 글을 가장 높이 친다. 그가 "경세가의 글은 사리와 뜻이 명쾌할지는 몰라도 답답증을 유발하는 경우가 많으며, 양촌 권근의 응제시*가 비록 명문이기는 하나 사대(事大)로 흘렀고, 제갈량의 출사표**가 물 흐르는 듯해도 과욕이 지나치다."고 하는 이유일 것이다. 추측하건대 그가 읽은 고승의 글은 말을 아껴 쓰고, 말하고자 하는 바를 선적 경륜과 이치에 비추어 찬찬히 곱씹고 사유한 끝에 나온 균형 잡힌 글일 것이다. 그러나 '은은한 향내가' 나고 '아무리 맛보아도 느끼하지 않는' 그런 이상에 부합하는

* 독자의 편의를 위한 소개―태조(太祖) 5년(1396)에 조선에서 명나라에 보낸 표전(表箋)이 명 황제의 노여움을 사서 찬표자(撰表者)를 들여보내게 했는데, 권근은 표전을 윤색한 사람으로 자청하여 명나라에 가서 황제에게 변명하였다. 황제는 권근을 문책하지 않았을 뿐 아니라 칭찬하여 상을 내리고 제목을 내어 시를 짓게 하였으며, 어제시(御製詩) 세 수를 몸소 지어 주었다. 권근은 귀국 후 어제시와 응제시(應製詩) 24수를 정서하여 가보로 전하게 했는데, 이를 본 태종(太宗)이 의정부에 명하여 판간(板刊)케 하였으나 간행 여부는 미상이며, 권근의 손자 권람이 어제시와 응제시에 주기(註記)를 붙이고 또한 관계 자료를 모아 편찬, 간행하였다.
** 중국 삼국시대 촉나라 재상 제갈공명이 군대를 일으켜 위나라를 토벌하러 떠날 때 '임금에게 올린 글'이다. 촉한(蜀漢)의 제1대 황제 유비는 위나라 땅을 수복하지 못한 것이 한이 되어 '반드시 북방을 수복하라'는 유언을 남기고 죽었다. 제갈량은 유비의 유언을 받들어, 위나라를 토벌하러 떠나는 날 아침, 촉한의 제2대 황제 유선(劉禪)에게 이 출사표를 바쳤다. 내용은 국가의 장래를 걱정하고, 각 분야의 현명한 신하들을 추천하며, 유선에게 간곡히 당부하는 말이 담겨 있다.

수필을 만나는 것이 쉬운 일이던가. 김영중 작가의 말대로 "인간을 이해하게 하고 사랑하게 하며 많은 것을 깨닫게 해주는" 글이 흔하던가.* 다행히 그의 수필은 느끼하지 않거니와 인간을 이해하게 하고 사랑하게 하며, 특히 그의 주된 관심사인 자연과 문명에 대해 많은 것을 깨닫게 한다.

2.

수필은 문학의 어떤 장르보다 작가 자신의 이야기를 많이 한다. 언어의 한계성에도 불구하고, 작가는 삶과 세계에 대한 인식과 깨달음을 자신의 언어와 목소리로 직접 이야기하고, 수필을 읽는 사람은, 때로 그 이야기에 자신의 경험과 견해를 포함시켜 작가와 만나려고 한다. 나도 이 글에서 내 경험과 견해를 포함시켜 작가 조사무를 만난다.

1) 자연에 주는 그의 눈길에서 그 모든 대상을 인식하는 마음을 읽는다.

젊은이들이 모닥불을 피워놓고 밤새 모터사이클경주라도 벌렸나, 야산공터가 말채찍에 상처 입은 노예 등짝 같아 보기에 안쓰럽다. 소인

---

* 김영중, '이 시대의 문학인들' 《초록편지》 (선우미디어, 2015), p.131

국(小人國) 영토를 무지막지하게 짓밟고 떠난 걸리버의 구둣발자국처럼 흉측스레 파인 모터사이클 바퀴흔적이 끔찍하다. 주변으로 맥주병, 깡통, 담배꽁초, 비닐봉지, 휴지 등이 흩어져 난장판이다.

오래전 다큐멘터리에서 본 아마존 밀림의 불법벌목현장이 생각난다. 불도저가 매타작하듯 난도질하고 나면 목재운반차량들이 마구잡이로 밀어붙인 시뻘건 흙길, 벌목꾼들에게 집단유린당한 대지의 은밀한 고샅이 저랬다. (〈풍뎅이와 거미〉)

사람과 자연은 서로 베풀며 평생을 함께 가야 하는 동반자 관계이다. 그의 눈에는 아직도 많은 사람이 일방적으로 자연의 세례를 받기만 하는 이기적인 존재이고, 자연은 항시 본연의 자리에 있으면서 말 그대로 '아낌없이 주는 나무'이다.* 지구 한편에서는 자연보호다 환경보호다 야단들인데 다른 한편에서는 개발남용과 벌목으로 평원과 밀림을 마구 파헤치고 있다. 지구온난화로 빙원이 녹고 해수면이 올라가도 온실가스를 줄이는 대책은 여전히 미흡하기만 하다. 그가 사는 동네에서 가까운 호수 주변의 야산 공터만 해도 사람들한테 몸살을 앓는다. 마치 "소인국 영토를 무지막지하게 짓밟고 떠난 걸리버의 구둣발자국처럼 흉측스레 파인 모터사이클 바퀴흔적이 끔찍하고" 주변에는 온갖 쓰레기가 흩어져 난장판이다. 증오심을 불태우지 않을 수 없다. 그럼에도 그는

* 쉘 실버스타인의 짧은 동화 같은 소설 제목.

증오심을 불태우거나 분노를 드러내지 않는다. 난장판이 된 현장을 묘사하고, 여기에 얼마 전 기록영화에서 본 '아마존 밀림의 끔찍한 벌목현장'을 결합시켜, 눈앞에 벌어진 자연훼손의 참상을 극대화한다. 자연훼손의 참상을 묘사하면서 사람을 매개로 하는 비유들을 원용하는 것도 그런 극대화 방법의 하나일 것이다. "말채찍에 상처 입은 노예 등짝―소인국 영토를 무지막지하게 짓밟고 떠난 걸리버의 구둣발자국―벌목꾼들에게 집단유린당한 대지의 은밀한 고샅*" 등의 생생한 비유는 자연의 아픔이 바로 사람의 아픔과 직결되는 것임을 환기시킨다. 그리고 그 아픔이 쌓여 결국은 지구 전체를 병들게 할 것이라는 우려를 시에 담아 한 번 더 자연훼손에 대한 심각성을 불러일으킨다.** 이런 그에게 자연은 어떤 존재일까?

　　공원 끝자락에 고목이 모로 누워 길을 막는다. 와선(臥禪) 중인 노승처럼 엄숙하고 경건하다. 조심스레 숨을 죽이고 걸터앉는다.(〈팔로마에서〉)

　　땅거미가 꼬리를 감출 즈음, 모하비사막에서 하늘을 쳐다보면 말 그

---

* 고샅; '사타구니'의 비유.
** 그는 수필을 써나가다 제재와 연관된 시적인 생각이나 상념을 시에 응축하여 글의 주제를 강화한다.

대로 별바다다.

먹물을 통째로 뒤집어쓴 것 같은 시에라 산맥을 배경으로 의연하게 버티고 서서 밤하늘을 우러르는 죠수아나무는 성자(聖者)의 모습을 연상시킨다.(〈모하비로 가는 까닭〉)

야산이나 들녘에서 개구쟁이 숨바꼭질 하듯 얼굴 살짝 내미는 자잘한 들장미는 생동감 있고 아름답다. 들장미의 그 천진스런 몸짓이, 그 풍요로운 존재방식이, 그 밝고 싱싱한 생명력이 바로 '자유로움'이요 '자연스러움' 아닌가.(〈파키라 한 그루〉)

안개장막 한 귀퉁이가 서서히 무너지기 시작한다. 숲의 정령들이 새벽잠에서 깨어나 기지개를 켠다. 안개구름을 뚫고 모습을 드러낸 멧부리와 심연을 가늠할 수 없는 골짝들이 어우러진다. 안개가 흐물흐물 계곡으로 빠져든다. 골짜기들이 은근슬쩍 불두덩을 드러내고 교태를 부린다. 백두건을 뒤집어쓴 산봉우리들이 고개를 갸우뚱한다.

무심(無心)일까 유심(有心)일까.

요즘 무심(無心)이 만인의 화두다. 마음 비움이 곧 행복의 지름길이라는데 그게 맞는 걸까. 무심이란 도대체 어떤 마음의 상태를 이름일까. 마음을 온전히 비운다는 것이 정녕 가능한 일일까. 모를 일이다. 행복을 위해 무심에 들려는 시도(試圖) 역시 유심이 아닌가. 무심경지

에 이르려는 적극적인 유심이 없고서야 어찌 무심에 들 수 있단 말인가. (〈팔로마에서〉)

그에게 있어 자연은 외경의 총화이다. 인간존재의 유한성 동물성을 넘어선 신성의 요체이고 이상향이며, 원초적 본능을 비추는 거울이자 형이상적 사유의 원천이다. 이른 아침 공원을 산책하는데 "공원 끝자락에 고목이 모로 누워 길을 막"고 있지만 그의 눈길에는 고목이 "와선 중인 노승처럼 엄숙하고 경건"한 존재로 비친다. "산맥을 배경으로 의연하게 버티고 서서" 밤하늘을 우러러보고 있는 죠수아나무는 성자의 모습이며, "야산이나 들녘에서" 자라는 들장미는 사람의 힘을 들이지 않은 순수와 자유로움, 자연스러움의 표상이다. 어디 그뿐인가. 안개 밖으로 얼굴을 내민 산봉우리와 그 밑에서 "은근슬쩍 불두덩을 드러내고 교태를" 부리는 골짜기는 아담과 이브의 다른 모습이다. 산의 형상, 사람의 정신을 사로잡는 기운은 철학적 화두를 던지고 성찰을 이끄는 스승이다.

자연에서, 자연의 조건을 뛰어넘는 자연을 만나는 그는 자연과 어떤 관계인가? 여기에 대한 해명은 자연과 그의 관계뿐만 아니라 그 모든 대상을 인식하고 파악하는 그의 눈길을 이해하는 근거가 될 것이다.

삼베를 둘둘 말아 염(殮)한 듯, 거미줄에 칭칭 감긴 풍뎅이가 꼼짝도 않는다. 상엿소리도 들리지 않는데 왕거미 혼자 능글능글 입맛을 다셔 가며 느긋하게 상여를 끌고 간다.(〈풍뎅이와 거미〉)

라는 표현에 비추면 그는 분명히 자연과 추상적 동반자 이상의 관계이다. 앞에서 '자연 훼손의 현장'을 인체에 비유하며 객관적 관찰자의 눈길로 보고, 〈팔로마에서〉 〈모하비로 가는 까닭〉 등에 서도 자연과 자아 사이에 일정한 거리를 두었으나, 이 표현에서는 그의 자연인식이 한층 심화된 양상을 띤다. 미물의 죽음이 사람의 일로 전이되고 있는 것이다. 거미줄에 감겨 꼼짝 않는 풍뎅이를 먹잇감으로 가져가는 왕거미가 상여를 끌고 가다니, 이 표현은 자연을 보는 그의 눈길이 사물인식의 차원에서 벗어나 있는 것을 말해준다. 사물인식이 보다 진전된 다음 인용문을 보자.

그가 뒤돌아서더니 성큼성큼 앞장서 걷기 시작했다. 바위처럼 듬 직한 뒷모습이 팔로마 산 같았다. 휘적휘적 앞서 걸어가는 가을을 놓칠 세라, 나도 부랴부랴 하산 길을 서둘렀다.(〈팔로마에서 만난 낚시꾼〉)

쓰잘머리 없는 걱정으로 속을 태우고 있는데 어느새 산 그림자가 바짓가랑이를 지긋이 잡아당긴다. 그래, 그렇구나. 오르막길이 있으면 내리막길도 있다는 엄연한 현실을 깜빡했구나.(〈길〉)

산행을 마치고 하산하는 길, 계곡 물가에서 만난 낚시꾼의 뒷모습을 두고 "바위처럼 듬직하고 팔로마 산 같다"고 한다. 이 표현은 사람을 묘사한 것이지만 한 문장이 두 개의 비유로 이루어져 있으며, 그 양상이 매우 특이하다. "바위처럼 듬직한 뒷모습"은 그 자체로 직유인데, 이것을 다시 '팔로마 산 같다'고 하면, 비유된 것을 다시 비유하는 하는 것이 된다. 그러니까 '바위처럼 듬직한 뒷모습'이라는 도치된 직유가, '뒷모습이 산 같다'고 하는 또 하나의 비유를 거느리는 것이다. 또한 "뒷모습이 팔로마 산 같다"는 표현은 형용사를 지우면 '뒷모습=팔로마 산'이라는 은유가 된다. '~같다'를 지우지 않아도 직유의 전형인 '~같이, ~처럼' 등의 연결어를 뒤따르는 술어가 없고, 원관념과 보조관념 사이의 유사성도 매우 적기 때문에 은유로 봐야 한다. 이렇게 작은 비유에서 큰 비유로, 바위에서 산으로 '뒷모습'을 확대하는 눈길은 사람과 자연을 동일시하는 마음의 강도를 드러낸다. 자연은 이제 자연이 아니다. "산 그림자가 바짓가랑이를 지긋이 잡아당"기고, "가을이 휘적휘적 앞서 걸어가는" 존재이다. 그와 능동적으로 교류하는 상대이고, 정신적 깨달음을 주는 인격체이다. 산 그림자와 가을을 의인화하고, "앞서 걸어가는 가을을 놓칠세라, 나도 부랴부랴 하산 길을" 서두르는 행위에 대한 이와 같은 묘사는 수사적 관심 이상의 의의를 가진다. 물아일체(物我一體)라 해야 하나, 자연(物)과 나(我)를 분리하지 않는 그의 정신세계를 반영하고, 동시에 그와 자연과의 관계를 보여주기 때문이다.

자연과 나를 분리하지 않는 마음, 그래서 그의 상상세계에 나타나는 자연은 언제나 평화롭고 따뜻하다. 삶의 유한성을 넘어 변증법적 상상력을 수놓고 마음껏 여행하게 하는 열린 세계이다. 현실로부터의 도피가 아니라 "향수병이라도 재발하면 만사 제쳐놓고 성묘 다녀오듯" 찾아가 "응석을 부리고 싶은" 공간, 어머니의 품과 같은 거기서 그는 고단한 세상사를 잊은 심안으로 밤하늘을 쳐다보며 상상의 나래를 펼친다. "큰개별자리가 밤새 우짖는 소리도 들어보고, 날갯짓하는 독수리성좌도 만나보고, 물독별자리에 물이 얼마나 차있나 확인도 해보자"고 한다. 이런 그의 초월적 상상력과 태도를 바탕으로 자연과 그의 관계를 정리하면, 자연만이 자연의 조건을 뛰어넘는 것이 아니라 그도 사람의 조건을 뛰어넘어 자연을 만나는 사이라 할 것이다.

그러나 '사람들이 종종걸음 치는' 세상에 돌아오면 그 어디에도 밤새 우짖는 큰개별자리는 보이지 않는다. 독수리성좌도 물독별자리도 그냥 별일 뿐이다. 그나마 공해에 가려 어렴풋이 보이거나 안 보이는 날이 많다.* 다음 인용문은 현실에 발목 잡혀 그런 아

---

* 이 점에 대한 그의 생각은 매우 비판적이다. "문명에 중독되면 자연의 진면목이 눈에 들어오지 않는다. 문명공해로 인해 자연이 망가지기도 하지만, 사람 역시 문명 탓에 천부의 능력을 잃어가는 것이 아닐까. 시력도 그렇다. 선사시대 아프리카대륙에 살던 원시인들은 육안으로도 광년거리 별자리를 읽고 이를 암벽에 석화(石畵)로 남겼다는데 요즘 사람들은 페가수스 별자리도 제대로 눈가늠하지

름다운 세계를 잃은 나무에 대한 이야기이다. 나무에 대한 이야기이지만 실은 인간에 대한 이야기일 것이다.

사무실을 옮길 때마다 차마 버리지 못하고 십오륙 년 동안 달고 다니는 파키라 나무 한 그루가 있다. 오늘도 작고 비좁은 화분에서 연초록 잎사귀를 벌리고 나를 쳐다본다.

오래전에 첸초(Chencho)라는 직원이 책상 위에 올려놓고 정성들여 기르다가 회사를 떠나면서 정표로 놓고 간 나무다. 당시에 한 뼘쯤 하던 키가 이제야 겨우 두 뼘 반 정도로 자랐다.

원래가 잘 자라지 않는 수종(樹種)인지, 아니면 제때에 정성들여 보살피지 못해 제대로 크지 못하는지, 그 초라한 모습을 볼 때마다 항상 미안하고 안쓰럽다. 게다가 다른 나무들처럼 꽃망울도 한 번 터뜨려보지 못하고 구석빼기에 다소곳하고 있으니 청상과부 대하듯 애잔스러워 연민을 앓는다.(〈파키라 한 그루〉)

자연과 벗하고 살아야 할 나무가, 사무실의 비좁은 화분에서 꽃망울 한 번 터뜨려보지 못하고 있으니 볼 때마다 미안하고 안쓰럽다―이렇게 줄거리로 이해해버리면 이 글이 의미하는 바를 놓친다. 여기서는 '화분에 사는 나무'와 '꽃망울을 터뜨리는 나무'의 대립관계에 주목해야 한다. 그의 내면세계에서 화분에 사는 나무

___
못하지 않는가."

는 갇힌 존재이며, 꽃망울을 터뜨리는 나무는 자연을 누리는 행복한 존재이다. 요약하면 비본연의 삶과 본연의 삶이다. 비본연의 삶에 대해 그는 "꽃꽂이를 보고 있으면 예쁘기는커녕 가슴이 답답하다, 꽃병에 갇힌 꽃도 불쌍하고, 화분에서 비실대는 화초도 딱하고, 울안에 감금된 꽃나무들도 가련하기는 마찬가지"라고 술회한다. 수필집 곳곳에서 드러나는 그의 지향점은 언제나 사람의 힘을 들이지 않은 자연이다. 자연은 그에게 자유와 같은 의미를 가진 낱말이며, 인간다움을 상징하는 얼굴이다. 그런데 사람들은 왜 자연을 그대로 두지 않는가. 가뭄에 타들어가는 "나팔꽃들이 안쓰러워, 집에서 챙겨온 생수 한 병을 송두리째" 부어줄 만큼 자연에 대한 애정이 남다른 그로서는 '자연을 있는 그대로, 생긴 그대로 놔두면 몸살해대는 사람들'의 욕망과 불화할 수밖에 없다. 불화의 첫 번째 대상이 여기서는 자연을 그대로 두지 않는 사람들이 이룩한 문명이다.

2) 그 모든 대상을 보는 눈에 어린 감정들

작가 조사무가 이야기하는 문명은, 물론 물질적 사회조직적 발전을 가리키는 문명이지만 이야기하는 방향은 대체로, 자연의 존재방식을 변질시키고 사람과 자연의 정체성을 왜곡하는 문명을 향하고 있다. 19세기말에 '문화'를 최초로 정의한 타일러는 문명과 문화를 동일시했다.* 그 또한 같은 입장이다. 문명과 문화를 하나로 묶어 이야기해서 안 될 것이 없다는 것이 그의 논리이다. 문명은 사람이 자연을 정복하려는 욕망의 산물이고, 문화는 그 욕망과 이상을 실현하는 과정에서 생성되는 정신적 물질적 진보의 산물이라고 하면, 결과론적으로, 그의 자연지향과 상충하는 점에서는 유사한 얼굴이라 할 것이다.

북극항로 특별취재팀의 현장보도가 있었다. 동토의 땅 시베리아가 기지개를 켜고, 북극 뱃길이 열린다고 손뼉 치더니 한술 더 떠 지구온난화의 역설적 쾌거라고 사족을 달았다.

빙산을 허물고 빙하를 헤집어 뚫은 바닷길, 유럽과 아시아를 잇는 가장 짧고 빠른 지름길이란다. 그런데 어찌해서 내 귀청에는 북극곰 통곡소리와 물개들 울음소리뿐 아니라 크릴새우들 흐느끼는 소리가 환청처럼 들리는 것일까.

쇄빙선이 사정없이 얼음바다 명치를 쑤시더니 우적우적 갈비뼈를 부셔댔다. 가뜩이나 온난화에 몸살을 앓고 있는 지구생태계의 마지막 보루이자 버팀목인 북극의 빙원(氷原)이 단말마의 비명을 지르며 뭉텅뭉텅 잘려나갔다.(〈길〉)

---

* Sir Edward Burnett Tyler(1832~1917) 문화인류학의 창시자. 그의 핵심적인 공로는 문화에 대한 정의이며, 원시문화와 현대문화 사이의 진화론적 관계에 대한 이론을 발전시킴.

    팔로마에서, 모하비 사막에서 그토록 서정적이고 긍정적이던 마음은 간 곳 없이 아픔이 가득 배어있다. 북극 뱃길이 열리는 데 대한 반가움보다 그 때문에 '망가지는 자연'에 대한 염려가 앞선다. '환청처럼 들리는, 북극곰 물개 크릴새우들의 울음소리—얼음바다를 파헤치는 쇄빙선이 명치를 쑤시고, 갈비뼈를 부셔대며 빙원을 뭉텅뭉텅 잘라낸다.' 비명이 가득한 학살현장을 연상시키는 이 표현은 직관적 인식에 기초하고 있다. 삶의 자리를 위협받는 생명과 태고의 신비를 잃어가는 북극의 현실을 묘사하면서 얼음바다와 빙원에게 사람과 동일한 인격을 부여하고 감정까지 이입하여 잔인함과 난폭함의 세계를 확대시킨다.

    '자연과 나를 분리하지 않던 그 부드러운 눈길은 왜 싸늘하게 굳어 있는가. 추상적 동반자 관계를 넘어선 자연이지만 그의 내면 세계에 자리 잡고 있는 평화롭고 따뜻한 그 자연이 아니기 때문이다. 정확히 말하면, 그와 자연과의 평화로운 교통을 가로막는 외부세계의 폭력성과 대립하기 때문이다. 그는 〈풍뎅이와 거미〉에서처럼 '눈앞에 벌어진 자연훼손의 참상을 극대화하고 객관화시키는 것이 더 절실한' 눈길로 비판의 날을 세운다. 비판의 날을 통해 짐작되는 말은 간결하다. 근대 이후 사람이 자연으로부터 급격히 멀어진 것은 사실이며, 이것은 그러나 사람 사는 데 필요 불가결한 변화이다, 그렇다고 이성까지 눈멀어서야 되겠는가, 이 말일 것이다.

제동장치가 풀린 문명의 수레바퀴는 멈출 기색이 전혀 없어 보인다. 가속에 가속을 더해가며 카타스트로프를 향해 질주한다. 수에즈운하나 케이프타운 곶(串)을 우회하는 수고로움마저도 감지덕지해야 마땅하거늘 멀쩡한 생 염통살을 도려내듯 굳이 얼음바다뱃길을 뚫어야만 속이 후련할까.

자연에도 길이 있다. 별들의 운행궤로, 지구의 공전궤도, 대기의 순환길, 내와 강이 흐르는 수로, 동물들이 오가는 짐승 길, 날짐승의 귀소길, 물고기들이 오가는 물길, 하다못해 갯지렁이가 들고나는 개펄 길 등등 온갖 헤아릴 수 없는 길들이 있다.(〈길〉)

그럼에도 사람들은 길을 뚫는다. 그럼에도 상생과 공존의 논리에 따른다면 무슨 잘못이겠는가, 순리와 원칙을 따른다면 누가 무어라 하겠는가. 이것이 작가 조사무의 메시지이다.

1] 요즘 지구촌 도처에서 쥐불놀이가 한창이다. 논밭두렁에서 아이들이 노는 쥐불놀이가 아니다. 생사람 허리나 가슴에 폭탄을 장전하고 인파가 붐비는 곳이면 때와 장소를 가리지 않고 점화하는 쥐불놀이다. 대피명령도 없다. 아무도 신난다고 드러내놓고 떠들지 않지만 뒷전에는 어김없이 회심의 미소를 짓는 두목이 있기 마련이다. 그에게 테러는 심심풀이 쥐불놀이나 마찬가지다. 쥐불놀이에 목숨을 던진 사람들은

죽어서 열사대열에 합류한다. 그러니 억울하고 원통하기는커녕 오히
려 영광이다.(〈쥐불놀이〉)

　2] 사람들은 권리와 의무를 중요시한다. 그러나 해석은 아전인수식
이다. 내 권리가 중하면 남의 권리 또한 그래야 마땅하다. 남들이 의무
를 다하기 바란다면 나도 당연히 그래야 한다. 그러나 사람들은 남의
권리는 빼앗고 내 의무는 남에게 덤터기 씌우려 한다.
　꽃은 꽃다워야 꽃이다. 혁명전선에 꽃들을 앞세우다니 몰염치의 극
치 아닌가.(〈꽃과 혁명〉)

　두 인용문은 문명이야기에서 가려 뽑은 것이다. 문명과 문화를
동일시하는 타일러의 시각으로 보자. 1]은 어렸을 때 시골 논밭에
서 못 구멍을 숭숭 뚫은 깡통에 숯불을 넣고 빙빙 돌리며 못 구멍
에서 빠져나오는 빨간 불꽃이 원을 그리는 것을 보고 재미있어
했던, 그런 쥐불놀이를 하듯 아무런 죄책감 없이 테러를 조종하는
자들과 그들의 복면 속에 숨은 이중성, 야만성을 꼬집은 것이고,
2]는 권리와 의무를 중요시해야 할 사람들이 삶이나 세계에 대한
올바른 관점을 외면하고 개인이기주의가 되어가는 세태를 비판한
것이다. 각기 다른 내용이지만, 손가락 끝은 삶의 존재방식을 변
질시키고 개인의 정체성을 왜곡하는 존재들을 가리킨다. "공권에
맞서다 맞아죽거나, 제 분을 못 참아 홧김에 스스로 몸에 불을

지르거나" 배후에서 꾸민 대로 "울며 겨자 먹기로 자폭하거나, 제삼의 행동대원이 성냥불을 그어대 얼떨결에 타죽어도 영원한 열사로 다시" 태어나고 영웅 대접을 받는 시대, 장미혁명이니 튤립혁명이니, "아름다움 그 자체라고 해야 할 꽃을 어찌 혁명전선에 앞세우는가." 자연을 사랑하는 만큼 세상을 사랑하지만 잡다한 세상사로 이리저리 꼬이고 상처 받은 그의 굳은 옆얼굴이 보인다.

그를 직접 만난 적이 없기 때문에 그의 정면얼굴을 그리는 것은 어려우나 앞의 이야기에 기초해 세 가지 얼굴을—이 역시 옆얼굴에 지나지 않겠지만, 다시 정리해본다. 첫째는. 사람과 자연이 한 몸을 이루어 공존함으로써 자아와 세계가 평형상태를 잃지 않기를 간절히 바라는 얼굴이고, 둘째는, 문명이 발전하는 것과 비례해 사람들의 가치관 세계관적 기초도 높고 강건해져야 하건만 오히려 역행하고 있는 것을 우려하는 얼굴이고, 셋째는 이념을 가장해 생명의 존엄성 고귀성을 망가뜨리며 뒷전에서 잇속을 챙기는 세력에 낙담하는 얼굴이다.

1] 이민 온 후 학생이던 아이들과 한 지붕아래 살 때 우리 집엔 검은 고양이 장군이와 흰 고양이 구슬이가 있었다. 온 가족으로부터 분에 넘치는 사랑과 귀여움을 받으며 오순도순 사이좋게 지냈다. 그러나 두 놈 다 흑묘백묘론(黑猫白猫論)이 무색하게도 쥐 한 마리 잡아본 적 없다. 종일토록 온 집안구석을 쏘다니며 화병을 부수고 가구에 여기저기

생채기를 내더니 어느 날 새로 장만한 진공청소기 전선줄을 씹어 동강 내버렸다. 그렇지만 저들끼리 흑백논쟁 하느라 분탕질 치며 속 썩힌 적은 한 번도 없었다.

보수 대 진보인가, 좌익 대 우익인가, 이념분쟁이 끝날 기미가 전혀 없어 보인다.

자나 깨나 흑백논리에 좌충우돌이요, 체제갈등에다 노사대립이다. 게다가 중도까지 어정쩡하게 끼어들어 혼란에 혼란을 부채질하는데다가 여야극한대치에 지역이기주의와 세대갈등까지 뒤범벅되어 나라가 하루도 조용한 날이 없어 보인다.

하는 짓이 장군이와 구슬이보다 못하다. (〈검은 고양이 흰 고양이〉)

2] 청문회가 가관이다. 인신공격에 사생활 까발리기 난장판이다. 한 사람을 둘러싸고 저마다 날 빠진 부엌칼을 용천보검인양 휘둘러댄다. 그곳엔 연좌제가 버젓하다. 그것도 사돈에 팔촌까지 사정권에 포함된다. 아무리 눈여겨보아도 당사자의 정책집행능력을 점검하고, 공인으로서의 포부나 소신을 청취하는 자리가 아니라 막말, 헛말, 재담, 악담, 악다구니경연장 같다. 뉴욕외환거래소나 증권거래소도 그보다는 질서 있고 조용할 게다.

그리스도나 석가모니도 청문회에 서면 배겨내기 어려울 것 같다. 그러니 설령 을파소(乙巴素)나 황희(黃喜)가 살아 돌아온들 무슨 소용이랴. 그들이야말로 요즘 돌아가는 사회분위기로는 반장자리는 고사하고 가장자리도 제대로 지켜나가기 어려울 게다. 두 분 다 성품이나 이재능력으로 보아 지아비구실조차 버거울 테니 말이다. (〈여보, 정말 미안해〉)

모름지기 작가란 보다 나은 세계를 추구하는 한편 자신의 개인적인 삶은 물론 타인의 삶에 대한 지속적인 관심과 애정을 가져야 하며, 다양한 안목과 방법으로 당대 사회현실을 성찰해야 한다. 그는 이러한 책무를 수행하면서, 많이도 웃고 슬퍼하고 괴로워했다. 그럴 때마다 늘 아련한 그리움을 동반하고 불쑥 찾아오는—유년과 청년시절을 고스란히 두고 온 한국과 한국의 현실에 절로 눈길이 간다. 미국에 이민 간 이후에도 고국 현실을 총체적으로 보아온 그의 눈에 실망의 빛이 역력하다. 저 한창 때 "통금시간이 임박해 소주에 오징어와 땅콩을 싸들고 광화문 세종대왕 슬하로 기어들어 친구와 날밤을 지새우기도 했던"(〈나도 가야지〉) 그 "광화문은 풍만한 여인의 품처럼 언제나 넉넉하고 포근한 공간"이었건만 "머리에 붉은 띠를 두른 사람들이 광장을 점거하고 북악을 향해 연신 주먹감자를 먹인다." 이해 못 하는 것은 아니다. 하지만 "넋 놓고 바라보던 관광객들이 희한한 볼거리에 희희덕대며 너도나도 카메라를 들이대"는 것을 보면 참기 어렵다. "여야극한 대치에 지역이기주의와 세대갈등까지 뒤범벅되어 나라가 하루도 조용한 날이 없어 보"이는 것은 더 참기 어렵다. 신문에서 보고 텔레비전에도 나오는 청문회 광경은 또 어떤가, 눈 뜨고 볼 수 없을 만큼 가관이다. "인신공격에 사생활 까발리기 난장판이다. 한 사람을 둘러싸고 저마다 날 빠진 부엌칼을 용천보검인양 휘둘러댄다." 나라 일꾼을 선보는 자리가 아니라 "막말, 헛말, 재담, 악담, 악다구니 경연장 같다." 정치가로서 갖춰야 할 객관적이고 논리적인 식견도 품격도 없어 보이는 사람들에게 나라의 장래를 맡기고 있는 현실을 보는 것은 더더욱 참기 어렵다. 그래서 그런가, 세월을 의식하는 그의 모습이 무척 고적해 보인다,

　　한 달 지나면 또다시 새해를 맞는다. 오는 해는 어디에서 오고 가는 해는 어디로 가는 걸까. 해마다 반복되는 춘하추동은 전혀 새로운 사계일까. 풍상에 낡고 헐어 헐거워진 쳇바퀴가 삐거덕삐거덕 소리 지르며 돌고 도는 것은 아닐까.

　　세월여류(歲月如流)라던데 정녕 우리는 세월에 몸을 맡긴 채 세월과 더불어 하염없이 흘러가는 걸까. 그게 아니면 세월이 우리 곁을 무심히 흘러가는 것일까.

　　어쩌면 세월이 흐른다는 발상도 부질없는 망상일지 모른다. 고임도 흐름도 없고 실체마저 없는 무시무종(無始無終)이 세월일지 모른다. (〈엊그제〉)

그의 인생에도 가을이 왔나보다. 젊은 날 "참새 방앗간 드나들 듯하던 카페 이름이 감감하다."(〈인생 이야기〉) 세월이 흐르는 물과 같다던데, 인생도 그렇게 흘러가는 것일까. "술자리 분위기가 어지간히 달아오르면 흥을 못 이겨 놋젓가락을 두드리며 한두 가락 뽑아야만 직성이 풀리던 홍어 집 홍 여인, 그녀도 지금쯤이면 타향살이를 접고 향도 유달산자락 어디쯤에서 육자배기를 흥얼대고 있지 않을까."(〈홍어집 홍 여인〉) "오늘 아침 거무튀튀한 반점과 주름투성이 얼굴에 머리마저 허연 노인이 나를 멀거니 쳐다보는 거울 앞에 서서 뜬금없이 그녀를 생각했다. 육십여 년 세월이 흘러서야 그 정겨운 이름이 떠오르다니."(〈허풍엄마〉) "마음 한 구석에 동공이 하나 둘 늘어간다."(〈하빠의 하루〉), 그래도 춘하추동이 때에 맞춰 제 얼굴을 하고 찾아오는 걸 보면 세월은 "풍상에 낡고 헐어 헐거워진 쳇바퀴"를 돌리며 그 자리에 있는데 인생만 덧없이 흘러가는 듯하다―이야기가 이 지경에 이르면 목소리 어디에선가 물기가 배일 법도 한데 시종일관 건조하다. 시종일관 감정에 휘둘리지 않고 인생과 세월의 실상(實相)을 조명한다. 그리하여 "세월이 흐른다는 발상도 부질없는 망상일지 모른다. 고임도 흐름도 없고 실체마저 없는 무시무종(無始無終)이 세월일지 모른다"는 경계(境界)에 이른다. 경계란 인생과 세월에 대한 그의 개인적 사색이나 성찰이 도달한 경지를 의미하며, 거기에 담긴, 깨달음의 정도가 높고 깊은 것을 가리킨다. 이와 같은 경계는 지

금까지 그의 이야기를 재미있게 또 진지하게 듣게 하는 중요한
동력이었다.

　책을 읽고 있는 할아비에게 심통이 났는지, 손녀가 손짓으로 문밖을
가리키며 칭얼대기 시작한다. 신발을 신겨 손을 잡으려 했더니 매몰차
게 손을 뿌리친다. 혼자서 기우뚱기우뚱 발을 대딛으며 잔디밭에서 모
이를 쪼고 있는 까마귀들에게 "하이!" 하며 손을 흔든다. 까마귀들이
"까악, 까악" 소리치며 유칼립투스나무에 냉큼 올라앉아 손녀를 내려
다본다. 손녀가 "압(up), 압(up)" 하며 나무 위로 올려달라고 생떼를
쓴다. 그 짓이 귀엽고 깜찍해 죽겠다는 듯 까마귀들이 까만 눈을 깜박
거리며 "까악, 까악" 놀려댄다.(〈까마귀와 손녀〉)

세월의 의미를 캐는 그에게 세월을, 문명과의 불화를, 잡다한
세상사를 불시에 잊게 하는 존재가 손자 손녀인데, 특히 손녀이야
기를 하는 그의 마음은 자연과 자아를 동일시했던 거리보다 더
가까운 거리가 있다면 그 편에 있다 할 것이다. 그 모든 관계에
일정한 잣대를 대고 순리와 원칙을 중시해온 그에게도 이런 눈길
이 있었는가 싶게 유순하기 이를 데 없다. 인용문에서 보는 것처
럼 발걸음 뗀 지 얼마 안 되는 손녀와 까마귀 이야기는 동화 한
편이다. 잔디밭에서 모이를 쪼고 있는 까마귀에게 반갑다고 "하
이!" 하며 손을 흔들자 "까마귀들이 "까악, 까악" 소리치며 유칼

립투스나무에 냉큼 올라앉아 손녀를 내려다'보고, 또 손녀가 "나무 위로 올려달라고 생떼를" 쓰자 "그 짓이 귀엽고 깜찍해 죽겠다는 듯 까마귀들이 까만 눈을 깜박거리며 "까악, 까악" 놀려댄다." 는 이런 유의 발상은 〈팔로마에서 만난 낚시꾼〉(송어부부), 〈괜찮다면〉(자카란타꽃과 개미) 등에서도 만난 적 있어 낯설지는 않다. 그러나 방금, 노벨평화상 수상자이자 인권주의자인 엘리 위젤이* "사랑의 반대개념은 증오가 아니라 무관심"이라고 한 말을 소개하면서, 사랑은 관심뿐만 아니라 "배려가 동반되어야 비로소 사랑이라"고 했던 그의 자상한 마음을 집어넣고 보면—손녀의 눈으로 사물을 파악하는 할아버지와, 까마귀를 사람인 양 착각하는 손녀와, 민화에서 호랑이를 내려다보는 까치를 연상시키는 까마귀가 한 공간에 어우러진 정경은 그야말로 이번 수필집에서 가장 즐겁고 천진난만하며 아기자기한 그림이다.

지금까지, 조사무의 수필이 가진 얼굴을 크게 '자연과 문명, 인생'이라는 세 측면으로 나누어 만나보았다. 자연 이야기에서는 자연과 자아를 분리하지 않는 물아일체의 세계를 지향하는 눈길에서 그의 순수자아를 확인하였으며, 문명 이야기에서는 근대 이후 사람과 점점 멀어지고 있는 자연을 더 멀어지게 하는 사람들의

---

* Elle Wiesel(1928~), 노벨평화상수상자이자 인권운동가이도 하며, 절친했던 프랑수아 모리아크가 전하는 홀로코스트 경험담을 소설로 쓴 《밤》을 출간하기도 한 소설가.

끊임없는 욕망이 그의 자연합일 사상과 충돌하고, 또 문명이 발전하는 것과 비례해 사람들의 가치관 세계관적 기초도 높아져야 하건만 오히려 역행하고 있는 현실에 실망을 감추지 못하는 그의 우울한 눈길을 보았다. 그러나 인생 이야기에서는 자연과 문명 두 이야기에서 볼 수 없었던 담대한 호연지기의 기상과 인간애, 생의 본질을 투시하는 정신이 충만한 눈길을 만났다. 언행일치, 자연합일의 철학적 신념을 일상에서 찾고자 하는 마음도 읽었다. 진정 의미 깊은 만남이었다.

이제 여기서 그의 수필 〈파키라 한 그루〉에 있는 멋진 표현을 반추하며 시편에 대한 이야기로 자리를 옮긴다. "나도 들장미처럼 자연스럽고 싶다. 파키라 한 그루, 그 연민의 고리에서도 자유롭고 싶다"

3) 서사적 서정시학

한편 그의 수필들 사이사이에 나타나거나 독립된 자리를 차지하고 있는 시편들은 수필에서 언급한 것과 같이 '이야기 형식'으로 쓴 것은 아니지만 그에 버금가는 서사성(敍事性)을 띠고 있는 점에서 눈길을 끈다.

서사란 원래 그 기본요건으로 일정한 성격을 지닌 인물과 일정한 질서를 지닌 사건을 갖춘, 있을 수 있는 이야기가 등장하여 이야기를 전개하는 방식을 말한다.* 여기에서 말하고자 하는 바는 이런 엄격한 의미에서의 이야기가 아니다. 특히 그의 시를 두고 일컫는 서사성이란 시에 이야기의 요소 또는 사전적인 그 어떤 화소(話素)를 담고 있는 것을 의미한다. 즉 서사성이란 소설 또는 소설적 수필에서와 같은 구체적인 사건을 의미하는 것이 아니라 마치 1920년대 프로 시, 특히 임화(林和)나 30년대 백석(白石), 이용악(李庸岳)의 시들에서 볼 수 있는 그런 이야기의 요소가 들어 있는 것을 뜻한다. 서사성이 구체적인 사건으로 전개된다면 그것은 이미 서정시가 아니라 서사시의 범주에 드는 것이다. 결국 서사성이란 서정시의 장르적 특성을 그대로 견지하면서 그 속에 서사적인 어떤 이야기의 요소를 담고 있다는 말이다.* 이 점에서 시인 조사무의 시는 전하고자 하는 이야기를 주제로서 충분히 드러내면서도 서정성을 강하게 드러낼 수 있게 되는 것이다.

시에라 산맥 톱날계곡으로 투신한 최후의 인디언전사들
멀쩡한 방죽이라도 들이받았나
사지 뻗고 벌렁 드러누운 모래땅 그 밑으로
봇물 질금질금 새어나오듯
짭짤한 강물 흐른다지

---

* 조동일, 《서사민요연구》 (계명대 출판부, 1983), p.43
* 졸저, 《이용악시연구》 (문학세계사, 1991.5.1), p.90

세월이 훌훌 털어버려 비듬처럼 겹쌓인 은사시나뭇잎들

일제히 부스스 몸 털고 일어나

해파리로 부화해 어둠속 떠돌다가

민머리로 암막暗幕 치받고 벗어나

성좌星座로 등선登仙한다지

태곳적 내해內海에 탯줄 잇고 견딘 산호초珊瑚礁들

하나씩 둘씩 의젓한 죠수아나무로 자라나

모하비인디언들처럼 오순도순 둘러앉아

천부경天符經 읊듯 두런두런

별을 센다지

산비둘기 두 마리 날밤 꼬박 지새워 희롱戲弄하는가

달그락달그락 키드득키드득

뼈마디 부딪치는 교성嬌聲 하도 방자해

밤잠 끈 놓친 가을길손도

별을 센다

이 시는 수필 〈모하비로 가는 까닭〉 속에 나오는, 제목을 따로 붙이지 않은 작품이다. 화자는 문명의 영향권에서 벗어난 모하비 사막을 여행하다 시에라 산맥에 얽힌 사건과 전설을 상기하고 만감에 젖는다. 시상(詩想)의 전개는 최후의 인디언전사들이 시에라 산맥 톱날계곡으로 투신한 비극적 사건에서 시작해, 톱날계곡에 전해져 내려오는 전설을 재현한다. 표면상 얼핏 보면 각 연에서 환기하는 이미지의 강렬성 때문에 서사성이 뒤로 물러나 있는 것처럼 보이지만 전체적으로 서사성이 이미지를 압도한다. '사지 뻗고 벌렁 드러누운 모래땅'을 비롯해 '은사시나뭇잎들' '산호초—죠수아나무' 등의 이미지는 제각기 톱날계곡 일대에 전해져 내려오는 옛이야기를 거느린다. '사지 뻗고 벌렁 드러누운 모래땅'에는 지하로 '짭짤한 강물이' 흐르고, '은사시나뭇잎들'은 '해파리로 부화해 성좌로 등선'하고, '산호초'는 '죠수아나무'로 자라 '두런두런 별을 센다.' 여기서 화자는 '~다지'라는 반말 투의 종결어미를 빌려, 누구에겐가 전해들은 전설을 다시 다른 누구에겐가 다짐하거나 묻는 어투로 변주한다. 그리고는 넷째 연에서 '산비둘기 두 마리'의 소란스런 '교성'을 통해 현실세계를 환기시키며 "밤잠 끈 놓친 가을길손도/ 별을 센다"고 하여, 앞서의 '산호초들'이 '죠수아나무로 자라나' "별을 센다"고 전하는 옛이야기에 사실적 생동감을 불어넣는다.

그러니까 이 시는 크게 두 개의 구조로 이루어져 있다. 화자가 노래하는 대상은 '톱날계곡'이지만 그 공간은 '전설'을 거느린다. 말하자면 이 시는 전경(前景)으로서의 톱날계곡과 배경(背景)으로서의 전설, 즉 이미지의 세계와 서사의 세계가 서로 긴장관계를 이루고 있으며, 이 긴장관계가 무카졸브스키의 이른바 전경화(前景化 -foregrounding)를 보여주면서 동시에 이 시의 지배소가 되고 있는 것이다.*

다음에 인용하는 시는 수필 〈날 좀 냅둬유〉 속에 수록된 것으로서, 앞의 시와 같은 서사적 구조화를 보여준다.

고고성 바락바락 지르며

내가 이승에 전입신고 하던 해

여기 누운 사람

이끼 낀 묘비 앞에

시들은 꽃 한 송이 보이지 않는데

비명으로 들려오는

묘비명

-Leave Me Alone!

---

* 조사무의 시적 특성의 하나로 지적되는 '서사성'에 대한 참고 문헌, 졸저, ≪이용악 시연구≫ (문학세계사, 1991.5,1), pp.91~108.

  J. Mukarovsky, Standard Language & Poetic Language, Linguirtics & Literary Style, ed by D. S Freeman, Holt, 1970. pp.40~55 참고. 이승훈, 〈구조주의 시론〉 《한국시의 구조분석》 (종로서적, 1988), pp.30~54.

혼자 보고 발길 돌리기 아까워

앞선 그녀 볼기 한 번

슬쩍했더니

−날 좀 냅둬유

대중없이 던지는

절묘한 대꾸

그 한 마디

이 시는 화자가 공원묘지를 지나다 인상 깊게 본 묘비명을 기본 내용으로 쓴 작품이다. 당시 신장제거수술을 받고 회복 중이던 그는 막내딸 부부의 제안으로 롱비치 카운티에서 한집살림을 할 작정이었으나 앞으로 닥칠 변화가 염려되어 아내와 함께 현지답사를 하던 차였다. 수필에서 그는, 막상 낯선 지역에서 살려고 하니 지금 사는 곳과 비교될 뿐 아니라 '자식들과 뒤엉켜 사느라 불편이 따르면 그 번거로움은 고스란히 아내의 몫이 될 것만 같아 망설임이 전혀 없지 않았다'고 한다. 그러나 시에서는 이런 심경을 내비치지 않거니와 이미지에 의한 묘사보다 묘비명에 주안점을 두고 시상을 전개한다. 줄거리는 화자가 태어나던 해 세상을 뜬 이의 'Leave Me Alone!(날 좀 냅두유)'란 묘비명을 "혼자 보고

발길 돌리기 아까워/ 앞선 그녀"를 슬쩍 건드렸더니 "날 좀 냅두
유" 하고 대중없이 던지는, 그녀의 퉁명스런 대꾸가 절묘하게도
묘비명과 일치했다는 내용이다. 앞의 시보다 이미지의 활용 빈도
는 약화되었으나, 전경으로서의 이미지(이끼 낀 묘비)와 배경으로
서의 서사성(묘비명에 얽힌 이야기)이라는 기본구조에는 변함이 없
다. 화자가 "고고성 바락바락 지르며/이승에 태어나던 해"라는
표현이 허두에 나오지만 이것은 묘비명의 주인, 즉 "여기 누운
사람"을 수식하는 이상의 기능을 하지 않기 때문에 결국 전경은
이끼 낀 묘비와 묘비명인 것이다.

　표제 시 〈쇠똥 누가 쑤셨나〉 또한 앞의 시와 동일한 구조를 보여
주나 앞의 시와 다른 점은 시에서 인과관계에 의해 전경과 배경으
로 나누어지는 대목이다.

　　그리움이 녹아 사랑

　　그마저 마르면

　　미움이라던데

　　녹지도 마르지도 못해

　　속병 앓는 쇠똥

　　누가 쑤셨나

짝짓던 쇠똥구리 커플

허둥지둥

피난길 떠나네

   첫 연의 "그리움이 녹아 사랑/ 그마저 마르면/ 미움이라던데" 라는 표현은 독립된 연을 구성하고 있고, 그 자체로 의미를 이루고 있기 때문에, 서사성이 전경에 나타나있는 것처럼 보이지만 이 시행은 둘째 연의 "녹지도 마르지도 못해/속병 앓는 쇠똥"과 종속적 관계이며, 그 의미도 "속병 앓는 쇠똥" 이미지를 수식하고 있다. 그리고 둘째 연의 '누가 쑤신 쇠똥'과 셋째 연의 '피난길 가는 쇠똥구리 커플'과의 사이가 인과관계에 있는 것을 보면, '누가 쑤신 쇠똥' 이미지는 원인이고, '피난길 가는 쇠똥구리 커플' 이야기는 그 결과이다. 그러니까 이 시는 '누가 쑤신 쇠똥'과 '피난길 가는 쇠똥구리 커플'이란 두 이미지가 인과관계에 의해 전경으로서의 이미지와 배경으로서의 서사성으로 나누어지는 구조를 가진다는 측면에서 의미가 특별하다.

   또 다른 서사적 특성으로는 문명비판을 주제로 한 시 〈풍뎅이와 거미〉에서 볼 수 있다. 이 시는 전경으로서의 이미지가 '하나의 사건'으로 나타나고, 이것이 화자의 내면세계와 접목되어 서사성으로 흐르는 점이 특징이다.

풍뎅이 한 마리 거미줄에 매달려

바동바동 몸부림치더니

왕거미 침 한 방에

부르르

몸서리친다

한 번만 더 용 썼어도

벗어날 수 있었을 터인데

마른 혀 끌끌 차며 돌아서다말고

은근히

지구가 걱정이다

뉴 호라이즌스에 올라 뒤돌아보면

지구도 문명의 덫에 걸려

저리 안간힘쓰다

파르르

자지러지려나

　　　주) 뉴 호라이즌스(New Horizons):명왕성탐사선

　이 시에서 화자는 거미줄에 걸린 풍뎅이를 약자로, 왕거미를
강자로 비유하고 있다. 거미줄을 벗어나려고 "바동바동 몸부림

치"던 풍뎅이가 "왕거미 침 한 방에" 꼼짝없이 당하는 광경(사건)을 보고 "한 번만 더 용 썼어도/ 벗어날 수 있었을 터인데" 아쉬워하다 문득 풍뎅이가 왕거미에게 잡아먹히듯 "지구도 문명의 덫에 걸려/ 안간힘쓰다" 끝내 자지러지는 것이 아닐까, 염려하는 내용이다.

이 시의 첫 연은 얼핏 독립된 알레고리로 보인다.* '풍뎅이와 왕거미'의 대립구조가 둘째 연에서 지구와 연관되는 것임을 암시하고, 셋째 연에서는 그것이 곧 '지구와 문명'의 대립구조와 유사한 것임을 말해주기 때문이다. 그러나 알레고리란 추상적 개념을 드러내지 않고 구체적 이미지로 표현하되 끝까지 사실을 위장해야 하는데, 이 시는 셋째 연에서 그 사실을 그대로 드러내고 있다. 완전한 알레고리 기법이 아닌 것이다. 그러나 그의 시에서 드물게 전경으로서의 이미지―이례적이지만 하나의 독립된 알레고리로 보이는 사건이 나타나고,** 이것이 배경의 서사성을 구체화시키

---

* 한 편의 시에서 독립된 알레고리(allegory)는 있을 수 없다. 알레고리란 인물과 행위, 배경 등 통상적 이야기의 요소를 가지고 있는 동시에 그 배후에 추상적 개념의 층이 있음을 의식할 수 있게끔 구성된 작품이 알레고리이다. 그러나 여기서는 그 모든 정의나 용례를 잠시 밀어놓고 인물과 행위, 배경 등의 통상적 이야기의 요소를 갖추고 있는 부분만 가지고 '독립된 알레고리'라고 한다. 다음 각주 참조.
** 알레고리는 중세 유럽에서 성화나 스탠드 글라스에 성경의 내용을 압축하여 한 사물에 상징적인 의미를 부여한 것을 뜻하기도 한다. 문학에서의 알레고리는 어떤 한 주제를 말하기 위해 다른 하나의 주제를 사용하여 그 유사성을 은근히 암시하면서 주제를 나타내는 수법이다.

는 데 기여할 뿐만 아니라 주제를 함축하고 있는 점에서 방법론적 의의를 갖는다 할 것이다.

또 하나 주목할 특성은, 전경과 배경을 분리하지 않는 점이다. 작품 〈처녀소가 새끼를 낳았다〉는 이미지가 전경에 나타나지만 동시에 서사를 거느리며 서사성이 시 전체를 지배하는 구조이다.

이웃집 처녀소가 새끼를 낳았다
얼마나 아프고 힘들었을까
친정엄마도
산파할멈도 없이

고무장갑이 겁탈해 낳은 송아지
이리 뒤뚱 저리 뒤뚱
젖꼭지 찾느라
안간힘 쓴다

아비는 누굴까 성은 무어라 할까
핏덩이 바라보는 처녀어미 소
겁먹은 눈언저리엔
슬픔이 흥건한데

조반도 잊고 싱글벙글대는 주인

저렇게도 좋을까

저러다가

입 찢어질라

　이야기는 정상적인 교배를 하지 않고 인공수정으로 송아지를
낳은 어미 소가 "이리 뒤뚱 저리 뒤뚱/ 젖꼭지 찾느라/ 안간힘"
쓰는 새끼를 "겁먹은 눈"으로 쳐다보고 있건만 주인은 아랑곳하
지 않고 송아지 불어난 것에만 정신이 팔려 있다는 내용이다. 사
실주의적 기법과 선명한 이미지를 거느린 서사구조를 통해 현실
사회의 물질화 비인간화, 생존방식을 왜곡하는 행위를 꼬집고 있
다. 새끼의 아비가 누군지, 성은 무언지, 갑작스런 강제 수정으로
낳은 새끼를 쳐다보는 "처녀어미 소"는 물질문명의 희생물이자
그 상징이고, "조반도 잊고 싱글벙글대는 주인"은 물질문명과 연
장선상에 있는 비인간화의 상징이다. 〈풍뎅이와 거미〉에 나오는
거미가 '싱글벙글대는 주인'이라면, 풍뎅이는 처녀어미 소인 것이
다. "고무장갑이 겁탈해 낳은 송아지"는 주인의 태도로 보아 물질
에 지나지 않는 것으로 나타난다. 따라서 이 시는 본디 그대로의
자연을 옹호하는 그의 정신세계에 반하는 문명을 비꼬는 작품이
며, 그 때문인지, 이미지와 서사를 동시에 구사하는 특성을 띤다.
　이미지와 서사, 또는 서사와 이미지를 동시에 구사하는 이런

형식적 특성을 가진 시는—제재와 표현 내용은 다르지만 〈엑스엑스엑스〉 〈느낌표〉 〈노욕〉 〈사랑은〉 등을 들 수 있다.

지금까지 살핀 서사적 특성을 요약하면, 그의 시는 대체로 전경으로서의 이미지와 배경으로서의 서사성이라는 구조를 가진다. 시에 따라 주제를 구체화하기 위해 인과관계를 활용하기도 하고, 특정 사건을 전경의 이미지로 제시하여 서사성을 돕고 주제를 구체화시키는 기능을 추구하기도 하며, 또 전경과 배경을 분리하지 않고 이미지와 서사를 동시에 구사하는 것 등으로 정리된다. 이밖에 은유나 상징 등 수사적 방법을 비롯해 역설과 아이러니 등에 대해서도 이야기할 기회를 마련하기로 하고, 이제 그의 해학(諧謔)이 넘치는 작품 〈맹견주의〉를 읽으며 시에 대한 이야기를 마친다.

맹견주의!
으스스 시뻘건 팻말 떨떠름해
까치발 딛고 슬그머니 지나려는데
다람쥐만한 개새끼 한 마리
쪼르르 달려들며
바락바락한다

꼴같잖은 꼬락서니에 하도 기막혀

종주먹 한 대 먹이는 척했더니

불도그 닮은 여인

현관문에 기대

철책鐵柵 두른 이齒 드러내고

날 노려본다

무엇인가 설핏 집히는 것이 있어

-굿모닝!

떫디떫은 인사 옜다 던지고

골목길 꺾어들어

끼득끼득 웃다보니

배꼽 빠진다

3.

인생의 가을 길을 걷고 있으나 아직 푸른 잎을 싱싱히 달고 있
는 사무엘 조사무는 시인으로 수필가로 생의 의미에 의미를 더한
다. 수필에서는 자연의 순수를 사랑하고, 그처럼 손녀를 사랑하
며, 남다른 감수성과 인문학적 지식을 기반으로 대상을 깔끔하게
구체화시키고, 시에서는 자연이 간직한 신비를 노래하고, 서사적
구조화를 통해, 자연으로부터 날로 멀어지는 문명사회의 폭력성